享读经典丛书

你可以读懂《朝花夕拾》

鲁迅——原著
北京烁享阅读编委会——编著

河北大学出版社
·保定·

出 版 人：朱文富
选题策划：邓一鸣
责任编辑：李　达
装帧设计：赵　谦　杨艳霞
责任校对：姚萌萌
责任印制：常　凯

图书在版编目（CIP）数据

你可以读懂《朝花夕拾》/ 北京烁享阅读编委会编著. -- 保定 ：河北大学出版社，2021.6
(享读经典丛书)
ISBN 978-7-5666-1855-9

Ⅰ. ①你… Ⅱ. ①北… Ⅲ. ①鲁迅散文－散文集②鲁迅散文－文学研究 Ⅳ. ① I210.4;I210.974

中国版本图书馆 CIP 数据核字 (2021) 第 115730 号

你可以读懂《朝花夕拾》
NI KEYI DUDONG ZHAOHUA XI SHI

出版发行：河北大学出版社
地址：河北省保定市七一东路2666号　邮编：071000
电话：0312-5073019　0312-5073029
网址：www.hbdxcbs.com
邮箱：hbdxcbs818@163.com
经　　销：全国新华书店
印　　刷：保定市正大印刷有限公司
幅面尺寸：185 mm × 260 mm
字　　数：186千字
印　　张：12.5
版　　次：2021年6月第1版
印　　次：2021年6月第1次印刷
书　　号：ISBN 978-7-5666-1855-9
定　　价：46.80元

写在前面的话

翻开语文课本，我们就会和鲁迅相遇。昔日鲁镇上，少年鲁迅和少年闰土的友谊，就是我们每个人此时此刻正在经历的欢喜、忧愁。后来，儿时的记忆一如故乡的山水、熟悉的老屋，日渐模糊，离他远去。

从绍兴到南京，从仙台到东京，从北京到上海，在动荡年代的历史洪流中，鲁迅辗转流离，凭借犀利的思想和深厚的学识，成为新文化运动颇具影响力的风云人物。

从某种意义上说，鲁迅的文学创作影响了整个20世纪中国文坛。

鲁迅是中国最早介绍和翻译欧洲新文艺的人。[1] 1909年，他和弟弟周作人翻译并出版了《域外小说集》，这是中国第一部忠实于原著结构、形式而直译的西方小说。尽管这套书在当时并不为多数人所接受，但后来却对整个中国现代翻译史产生了重大而深远的影响。

1918年，《狂人日记》发表，这是鲁迅的第一篇作品。《狂人日记》被认为是中国现代文学史上最早用白话文创作且最成功的小说，不只代表了鲁迅毕生小说创作的核心主旨，也影响了百余年来很多中国作家的创作，可以说是中国百年文学的总纲。[2]

不仅如此，20世纪二三十年代，以鲁迅和周作人为代表的散文写作，也形成了现代中国散文最主要的两种体式——杂感和小品。

直到今天，鲁迅的作品仍影响着一批又一批具有独立意识、时代责任感的青年。可以说，读中国现代文学，鲁迅肯定是绕不过去的一座高山。

---

[1] 参见许寿裳《鲁迅传·亡友鲁迅印象记》，九州出版社，2018，第26页。
[2] 参见许子东《许子东现代文学课》，上海三联书店，2018，第91页。

作为今天的中学生，应该怎样阅读鲁迅的作品，才能更好地领略这位伟大的文学家和思想家的心灵呢？

学界普遍认为，在鲁迅的所有创作当中，他的小说成就最高。短篇小说集《呐喊》和《彷徨》共收录二十五篇作品，这些作品完成于短短八年时间内，在语言风格、艺术技巧和思想启蒙性上都和中国传统小说有很大不同。

他的杂文独树一帜，最具战斗锋芒，对于社会时弊往往能一针见血，许多文章洞察之深，今天读来仍然尖锐辛辣，毫不过时。

但今天我们要来读的这本《朝花夕拾》，和以上两种文风都截然不同。这是鲁迅一生中唯一一本充满了抒情性和趣味性的回忆体散文集，是鲁迅比较让人感到亲近的另一面。这样一个温暖的鲁迅，肯定是更容易让今天的年轻读者尝试去接受的。

《朝花夕拾》写于1926年。那时候的鲁迅已经过了不惑之年。从人生经历看，这是他事业、理想、家庭都受到巨大冲击的一个阶段。《朝花夕拾》的写作过程中，他从北京辗转厦门又至广州，可以说相当不平静。

难得的是，在十篇怀旧散文里，鲁迅回忆故乡、回忆童年、回忆敬重的师长及逝去的朋友，文字间流露的趣味和光明想象都极为真切，其中夹杂的议论又显得信手拈来。正如他自己在《小引》中所说，这些文字都是被“思乡的蛊惑”引诱而来。我们或可大胆地假设，鲁迅在用文学创作疗救国民的同时，也想疗救自己孤寂的心绪。

在《朝花夕拾》当中，我们可以读到鲁迅早年为何要选择学习西医，后来又为何毅然弃医从文，走上了文学救国的道路；也能读到他对生命的一些思考——在大变化大转折的时代，他宁可成为一个孤勇独行的人，用行动去抵抗宿命，也不愿逗留在生活的歧途。[1]

有几个细节值得注意，《朝花夕拾》虽然记录了鲁迅从少年到青年时期的许多往事，但严格说来，它并不是一本自传或回忆录。其中一些情节在真实事件的基础上有虚构的成分，后面会具体讲到。

---

[1] 参见李欧梵《铁屋中的呐喊》，浙江大学出版社，2016，第119页。

另外，在以第一人称为视角的描述中，实际上出现了两个“我”——儿童时期的“我”和中年离乡的“我”——他们分别以不同的眼光回溯往事。这两点对我们读懂《朝花夕拾》非常重要。

鲁迅曾说：“其实地上本没有路，走的人多了，也便成了路。”通过阅读《朝花夕拾》，我们能够更真切地了解，一代文豪鲁迅是怎么做选择，怎么去行动，怎么从一个绍兴鲁镇上的平凡少年一路成长起来的。

从研读鲁迅的作品开始，踏上阅读现代经典的旅途，势必充满挑战。但是，这将为大家日后逐步提高对好的文字的审美水平提供思考和判断的养分，并且，对于更好地理解鲁迅以后的许多中国作家的作品，也都会有很大帮助。

这或许正是一个世纪前，鲁迅先生爱护青年、指导青年、解放青年的初衷吧。是为记。

2021年6月

目　　录

阅读名片

作者生平

鲁迅1881年9月生于浙江绍兴，1936年10月19日因患肺结核逝于上海寓所，终年五十六岁。鲁迅曾用名周樟寿，后改名周树人，曾字豫山，后又改字豫才，“鲁迅”是他1918年发表小说《狂人日记》时所用的笔名。他是中国现代伟大的文学家、思想家和革命家，曾参与五四新文化运动并做出巨大的贡献，是中国现代文学的奠基人之一。

鲁迅的许多作品被一版再版，翻译成英、法、日等多种文字，饮誉全球。《鲁迅全集》是他留给中国人民和世界各国人民的一笔宝贵的精神财富。他对中国社会思想文化在国内外的传播与发展都产生了深远的影响，尤其在东亚思想文化领域有极其重要的地位，被誉为“20世纪东亚文化地图上占最大领土的作家”。

创作背景与内容概述

《朝花夕拾》是鲁迅在1926年2月—11月期间完成的。前五篇写于北京，后五篇写于厦门，在《莽原》半月刊上以《旧事重提》的总题发表，1927年5月成集，由鲁迅亲自改名为《朝花夕拾》，后于1928年由北京未名社印行。著书时的鲁迅已处于创作的中晚期且当时斗争环境困难。鲁迅写这么一本以回忆往事为内容的散文集，主要是通过追忆往事来影射当时的社会现实，反映了他在当时茫茫黑暗的中国寻找光明，来坚持自己的选择和坚定自己的信念，以求对抗残酷的现实。

书中，作者以自己青少年时代的生活经历为线索，其先后安排基本上是以他的童年和青年生活轨迹为依据。全书真实生动地叙写了鲁迅从农村到城镇、从家庭到社会、从国内到国外的一组生活经历，抒发了对往昔亲友和师长的怀念之情；同时，也对旧势力、旧文化进行了嘲讽和抨击，勾勒了从清末到辛亥革命时期的若干社会生活风貌。

朝花夕拾

小　引

我常想在纷扰中寻出一点闲静来，然而委实不容易。目前是这么离奇，心里是这么芜杂。一个人做到只剩了回忆的时候，生涯大概总要算是无聊了罢，但有时竟会连回忆也没有。中国的做文章有轨范，世事也仍然是螺旋。前几天我离开中山大学的时候，便想起四个月以前的离开厦门大学；听到飞机在头上鸣叫，竟记得了一年前在北京城上日日旋绕的飞机。我那时还做了一篇短文，叫做《一觉》[1]。现在是，连这“一觉”也没有了。

广州的天气热得真早，夕阳从西窗射入，逼得人只能勉强穿一件单衣。书桌上的一盆“水横枝”，是我先前没有见过的：就是一段树，只要浸在水中，枝叶便青葱得可爱。看看绿叶，编编旧稿，总算也在做一点事。做着这等事，真是虽生之日，犹死之年，很可以驱除炎热的。

前天，已将《野草》[2] 编定了；这回便轮到陆续载在《莽原》[3] 上的《旧事重提》，我还替他

---

[1]《一觉》：鲁迅1926年所写的一首散文诗，讲述了三一八惨案后鲁迅所见所忆与进步青年的点滴，表达了对他们处境的同情和感慨，以及对他们反叛精神的赞扬。

[2]《野草》：鲁迅的一部散文诗集，收录了他在1924—1926年所作的二十三篇散文诗及《题辞》一篇，1927年7月由北京北新书局出版。

[3]《莽原》：鲁迅主编的刊物，1925年4月于北京初刊，初为周刊，附于《京报》发行；1926年1月改为半月刊，单独出版；1927年12月停刊。

改了一个名称：《朝花夕拾》。带露折花，色香自然要好得多，但是我不能够。便是现在心目中的离奇和芜杂，我也还不能使他即刻幻化，转成离奇和芜杂的文章。或者，他日仰看流云时，会在我的眼前一闪烁罢。

我有一时，曾经屡次忆起儿时在故乡所吃的蔬果：菱角，罗汉豆，茭白，香瓜。凡这些，都是极其鲜美可口的；都曾是使我思乡的蛊惑。后来，我在久别之后尝到了，也不过如此；惟独在记忆上，还有旧来的意味留存。他们也许要哄骗我一生，使我时时反顾。

这十篇就是从记忆中抄出来的，与实际内容或有些不同，然而我现在只记得是这样。文体大概很杂乱，因为是或作或辍，经了九个月之多。环境也不一：前两篇写于北京寓所的东壁下；中三篇是流离中所作，地方是医院和木匠房；后五篇却在厦门大学的图书馆的楼上，已经是被学者们挤出集团之后了。

一九二七年五月一日，鲁迅于广州白云楼记。

狗·猫·鼠

从去年起，仿佛听得有人说我是仇猫的。那根据自然是在我的那一篇《兔和猫》[1]；这是自画招供，当然无话可说，——但倒也毫不介意。一到今年，我可很有点担心了。我是常不免于弄弄笔墨的，写了下来，印了出去，对于有些人似乎总是搔着痒处的时候少，碰着痛处的时候多。万一不谨，甚而至于得罪了名人或名教授，或者更甚而至于得罪了“负有指导青年责任的前辈”之流，可就危险已极。为什么呢？因为这些大脚色是“不好惹”的。怎地“不好惹”呢？就是怕要浑身发热之后，做一封信登在报纸上，广告道：“看哪！狗不是仇猫的么？鲁迅先生却自己承认是仇猫的，而他还说要打‘落水狗’!”这“逻辑”的奥义，即在用我的话，来证明我倒是狗，于是而凡有言说，全都根本推翻，即使我说二二得四，三三见九，也没有一字不错。这些既然都错，则绅士口头的二二得七，三三见千等等，自然就不错了。

我于是就间或留心着查考它们成仇的“动机”。这也并非敢妄学现下的学者以动机来褒贬作品的那

▶名人或名教授

特指现代评论派陈源（笔名陈西滢）、徐志摩等人。1924 年 12 月，一批欧美归来的学者创办了《现代评论》杂志。“现代评论派”是鲁迅对其骨干成员的称呼。该杂志一卷二十五期发表了陈西滢的文章《闲话》，引发现代评论派与鲁迅的冲突，双方围绕女师大风潮、五卅运动、三一八惨案等事件展开论战。

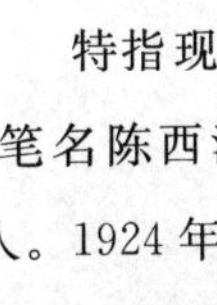
陈西滢

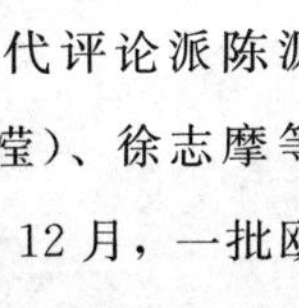
徐志摩

[1]《兔和猫》：鲁迅于 1922 年创作的一部短篇小说，收录在小说集《呐喊》中。故事围绕着三太太家一对小白兔的出现和消失而展开，表达了鲁迅对弱小者的同情和对欺凌者的憎恨。

些时髦，不过想给自己预先洗刷洗刷。据我想，这在动物心理学家，是用不着费什么力气的，可惜我没有这学问。后来，在覃哈特[1]博士（Dr. O. Dähnhardt）的《自然史底国民童话》里，总算发现了那原因了。据说，是这么一回事：动物们因为要商议要事，开了一个会议，鸟、鱼、兽都齐集了，单是缺了象。大会议定，派伙计去迎接它，拈到了当这差使的阄的就是狗。“我怎么找到那象呢？我没有见过它，也和它不认识。”它问。“那容易，”大众说，“它是驼背的。”狗去了，遇见一匹猫，立刻弓起脊梁来，它便招待，同行，将弓着脊梁的猫介绍给大家道：“象在这里！”但是大家都嗤笑它了。从此以后，狗和猫便成了仇家。

日耳曼人[2]走出森林虽然还不很久，学术文艺却已经很可观，便是书籍的装潢，玩具的工致，也无不令人心爱。独有这一篇童话却实在不漂亮；结怨也结得没有意思。猫的弓起脊梁，并不是希图冒充，故意摆架子的，其咎却在狗的自己没眼力。然而原因也总可以算作一个原因。我的仇猫，是和这大大两样的。

其实人禽之辨，本不必这样严。在动物界，虽然并不如古人所幻想的那样舒适自由，可是噜苏做作的事总比人间少。它们适性任情，对就对，错就错，不说一句分辩话。虫蛆也许是不干净的，但它们并没有自鸣清高；鸷禽猛兽以较弱的动物为饵，不妨说是凶残的罢，但它们从来就没有竖过“公

[1] 覃哈特：1870—1915，今译德恩哈尔特，德国文史学家、民俗学者。

[2] 日耳曼人：古代居住在欧洲东北部的一些部落的总称。各支日耳曼人同其他原著居民不断融合，形成近代英国、德国、荷兰、瑞典、挪威、丹麦等民族的祖先。

理”“正义”的旗子，使牺牲者直到被吃的时候为止，还是一味佩服赞叹它们。人呢，能直立了，自然是一大进步；能说话了，自然又是一大进步；能写字作文了，自然又是一大进步。然而也就堕落，因为那时也开始了说空话。说空话尚无不可，甚至于连自己也不知道说着违心之论，则对于只能嗥叫的动物，实在免不得“颜厚有忸怩”。假使真有一位一视同仁的造物主，高高在上，那么，对于人类的这些小聪明，也许倒以为多事，正如我们在万生园[1]里，看见猴子翻筋斗，母象请安，虽然往往破颜一笑，但同时也觉得不舒服，甚至于感到悲哀，以为这些多余的聪明，倒不如没有的好罢。然而，既经为人，便也只好“党同伐异”，学着人们的说话，随俗来谈一谈，——辩一辩了。

现在说起我仇猫的原因来，自己觉得是理由充足，而且光明正大的。一，它的性情就和别的猛兽不同，凡捕食雀鼠，总不肯一口咬死，定要尽情玩弄，放走，又捉住，捉住，又放走，直待自己玩厌了，这才吃下去，颇与人们的幸灾乐祸，慢慢地折磨弱者的坏脾气相同。二，它不是和狮虎同族的么？可是有这么一副媚态！但这也许是限于天分之故罢，假使它的身材比现在大十倍，那就真不知道它所取的是怎么一种态度。然而，这些口实，仿佛又是现在提起笔来的时候添出来的，虽然也像是当时涌上心来的理由。要说得可靠一点，或者倒不如说不过因为它们配合时候的嗥叫，手续竟有这么繁重，闹得别人心烦，尤其是夜间要看书，睡觉的时

---

[1] 万生园：北京动物园的旧称，也作“万牲园”。

候。当这些时候，我便要用长竹竿去攻击它们。狗们在大道上配合时，常有闲汉拿了木棍痛打；我曾见大勃吕该尔[1]（P. Bruegel d. Ä）的一张铜版画Allegorie der Wollust上，也画着这回事，可见这样的举动，是中外古今一致的。自从那执拗的奥国学者弗罗特[2]（S. Freud）提倡了精神分析说——Psychoanalysis，听说章士钊[3]先生是译作“心解”的，虽然简古，可是实在难解得很——以来，我们的名人名教授也颇有隐隐约约，检来应用的了，这些事便不免又要归宿到性欲上去。打狗的事我不管，至于我的打猫，却只因为它们嚷嚷，此外并无恶意，我自信我的嫉妒心还没有这么博大，当现下“动辄获咎”之秋，这是不可不预先声明的。例如人们当配合之前，也很有些手续，新的是写情书，少则一束，多则一捆；旧的是什么“问名”“纳采”，磕头作揖，去年海昌蒋氏在北京举行婚礼，拜来拜去，就十足拜了三天，还印有一本红面子的《婚礼节文》，《序论》里大发议论道：“平心论之，既名为礼，当必繁重。专图简易，何用礼为？……然则世之有志于礼者，可以兴矣！不可退居于礼所不下之庶人矣！”然而我毫不生气，这是因为无须我到场；因此也可见我的仇猫，理由实在简简单单，只为了它们在我的耳朵边尽嚷的缘故。人们的各种礼式，局外人可以不见不闻，我就满不

▶旧时议婚仪式

古时从议婚到完婚有六种礼仪：纳采、问名、纳吉、纳征、请期、亲迎。最早记录见《礼记·昏义》，后来历代多沿袭周礼直至清末逐渐衰落。“纳采”为六礼之首，男方想要迎娶女方，首先要请媒妁前往提亲，得到允许后才可正式向女方纳采。“问名”是六礼中的第二礼，指男方通过媒妁问女方的姓名和出生年月日。

---

[1] 大勃吕该尔：1525—1569，通译勃鲁盖尔，欧洲文艺复兴时期法兰德斯的讽刺画家。Allegorie der Wollust，德语，意思是“情欲的喻言”。

[2] 弗罗特：1856—1939，通译弗洛伊德，奥地利精神病学家，精神分析学说的创立者。

[3] 章士钊：1881—1973，字行严，湖南善化（今长沙）人，著名民主人士、学者、作家、教育家和政治活动家。

管，但如果当我正要看书或睡觉的时候，有人来勒令朗诵情书，奉陪作揖，那是为自卫起见，还要用长竹竿来抵御的。还有，平素不大交往的人，忽而寄给我一个红帖子，上面印着“为舍妹出阁”，“小儿完姻”，“敬请观礼”或“阖第光临”这些含有“阴险的暗示”的句子，使我不化钱便总觉得有些过意不去的，我也不十分高兴。

▶隐鼠

即鼷鼠，鼠类中最小的一种。

但是，这都是近时的话。再一回忆，我的仇猫却远在能够说出这些理由之前，也许是还在十岁上下的时候了。至今还分明记得，那原因是极其简单的：只因为它吃老鼠，——吃了我饲养着的可爱的小小的隐鼠。

听说西洋是不很喜欢黑猫的，不知道可确；但Edgar Allan Poe[1]的小说里的黑猫，却实在有点骇人。日本的猫善于成精，传说中的“猫婆”，那食人的惨酷确是更可怕。中国古时候虽然曾有“猫鬼”，近来却很少听到猫的兴妖作怪，似乎古法已经失传，老实起来了。只是我在童年，总觉得它有点妖气，没有什么好感。那是一个我的幼时的夏夜，我躺在一株大桂树下的小板桌上乘凉，祖母摇着芭蕉扇坐在桌旁，给我猜谜，讲故事。忽然，桂树上沙沙地有趾爪的爬搔声，一对闪闪的眼睛在暗中随声而下，使我吃惊，也将祖母讲着的话打断，另讲猫的故事了——

▶黑猫、猫婆、猫鬼

在西方，黑猫被认为是不祥之兆。爱伦·坡的小说《黑猫》就讲述了一个酒鬼杀死一只黑猫，后来另一只黑猫前来神秘复仇的故事。“猫婆”是日本的民间传说，讲述了一个老太婆养的一只猫年久成了精怪，吃掉老太婆，又幻化成她的样子去害人的故事。“猫鬼”则出自中国，指古代行巫术者畜养的猫。

“你知道么？猫是老虎的先生。”她说。“小孩子怎么会知道呢，猫是老虎的师父。老虎本来是什

[1] Edgar Allan Poe：1809—1849，爱伦·坡，美国诗人、小说家，擅长写悬疑小说，代表作有小说《黑猫》《厄舍府的倒塌》，诗歌《乌鸦》等。

么也不会的，就投到猫的门下来。猫就教给它扑的方法，捉的方法，吃的方法，像自己的捉老鼠一样。这些教完了；老虎想，本领都学到了，谁也比不过它了，只有老师的猫还比自己强，要是杀掉猫，自己便是最强的脚色了。它打定主意，就上前去扑猫。猫是早知道它的来意的，一跳，便上了树，老虎却只能眼睁睁地在树下蹲着。它还没有将一切本领传授完，还没有教给它上树。”

这是侥幸的，我想，幸而老虎很性急，否则从桂树上就会爬下一匹老虎来。然而究竟很怕人，我要进屋子里睡觉去了。夜色更加黯然；桂叶瑟瑟地作响，微风也吹动了，想来草席定已微凉，躺着也不至于烦得翻来复去了。

几百年的老屋中的豆油灯的微光下，是老鼠跳梁的世界，飘忽地走着，吱吱地叫着，那态度往往比“名人名教授”还轩昂。猫是饲养着的，然而吃饭不管事。祖母她们虽然常恨鼠子们啮破了箱柜，偷吃了东西，我却以为这也算不得什么大罪，也和我不相干，况且这类坏事大概是大个子的老鼠做的，决不能诬陷到我所爱的小鼠身上去。这类小鼠大抵在地上走动，只有拇指那么大，也不很畏惧人，我们那里叫它“隐鼠”，与专住在屋上的伟大者是两种。我的床前就帖着两张花纸，一是“八戒招赘[1]”，满纸长嘴大耳，我以为不甚雅观；别的一张“老鼠成亲”却可爱，自新郎新妇以至傧相，宾客，执事，没有一个不是尖腮细腿，像煞读书人的，但穿的都是红衫绿裤。我想，能举办这样大仪

▶“老鼠成亲”的传说

旧时江浙一带传说夏历正月十四日夜是老鼠成亲的日子，这天晚上人们不能点灯，或者早早睡觉，以免惊扰娶亲喜事，把老鼠嫁出去才能保来年平安吉祥。“老鼠成亲”的“花纸”，是湖南“滩头年画”之一。

[1] 八戒招赘：《西游记》中猪八戒在高老庄入赘高家的故事。

式的，一定只有我所喜欢的那些隐鼠。现是粗俗了，在路上遇见人类的迎娶仪仗，也不过当作性交的广告看，不甚留心；但那时的想看“老鼠成亲”的仪式，却极其神往，即使像海昌蒋氏似的连拜三夜，怕也未必会看得心烦。正月十四的夜，是我不肯轻易便睡，等候它们的仪仗从床下出来的夜。然而仍然只看见几个光着身子的隐鼠在地面游行，不像正在办着喜事。直到我熬不住了，快快睡去，一睁眼却已经天明，到了灯节了。也许鼠族的婚仪，不但不分请帖，来收罗贺礼，虽是真的“观礼”，也绝对不欢迎的罢，我想，这是它们向来的习惯，无法抗议的。

老鼠的大敌其实并不是猫。春后，你听到它“咋！咋咋咋咋！”地叫着，大家称为“老鼠数铜钱”的，便知道它的可怕的屠伯已经光临了。这声音是表现绝望的惊恐的，虽然遇见猫，还不至于这样叫。猫自然也可怕，但老鼠只要窜进一个小洞去，它也就奈何不得，逃命的机会还很多。独有那可怕的屠伯——蛇，身体是细长的，圆径和鼠子差不多，凡鼠子能到的地方，它也能到，追逐的时间也格外长，而且万难幸免，当“数钱”的时候，大概是已经没有第二步办法的了。

有一回，我就听得一间空屋里有着这种“数钱”的声音，推门进去，一条蛇伏在横梁上，看地上，躺着一匹隐鼠，口角流血，但两胁还是一起一落的。取来给躺在一个纸盒子里，大半天，竟醒过来了，渐渐地能够饮食，行走，到第二日，似乎就复了原，但是不逃走。放在地上，也时时跑到人面前来，而且缘腿而上，一直爬到膝髁。给放在饭桌上，便检吃些菜渣，舐舐碗沿；放在我的书桌上，则从容地游行，看见砚台便舐吃了研着的墨汁。这使我非常惊喜了。我听父亲说过的，中国有一种墨猴，只有拇指一般大，全身的毛是漆黑而且发亮的。它睡在笔筒里，一听到磨墨，便跳出来，等着，等到人写完字，套上笔，就舐尽了砚上的余墨，仍旧跳进笔筒里去了。我就极愿意有这样的一个墨猴，可是得不到；问那里有，那里买的呢，谁也不知道。"慰情聊胜无"，这隐鼠总可以算是我的墨猴了罢，虽然它舐吃墨汁，并不一定肯等到我写完字。

现在已经记不分明，这样地大约有一两月；有一天，我忽然感到寂寞了，真所谓"若有所失"。我的隐鼠，是常在眼前游行的，或桌上，或地上。而这一日却大半天没有见，大家吃午饭了，也不见它走出来，平时，是一定出现的。我再等着，再等它一半天，然而仍然没有见。

长妈妈，一个一向带领着我的女工，也许是以为我等得太苦了罢，轻轻地来告诉我一句话。这即刻使我愤怒而且悲哀，决心和猫们为敌。她说：隐鼠是昨天晚上被猫吃去了！

当我失掉了所爱的，心中有着空虚时，我要充填以报仇的恶念！

我的报仇，就从家里饲养着的一匹花猫起手，逐渐推广，至于凡所遇见的诸猫。最先不过是追赶，袭击；后来却愈加巧妙了，能飞石击中它们的头，或诱入空屋里面，打得它垂头丧气。这作战继续得颇长久，此后似乎猫都不来近我了。但对于它们纵使怎样战胜，大约也算不得一个英雄；况且中国毕生和猫打仗的人也未必多，所以一切韬略，战绩，还是全都省略了罢。

但许多天之后，也许是已经经过了大半年，我竟偶然得到一个意外的消息：那隐鼠其实并非被猫所害，倒是它缘着长妈妈的腿要爬上去，被她一脚踏死了。

这确是先前所没有料想到的。现在我已经记不清当时是怎样一个感想，但和猫的感情却终于没有融和；到了北京，还因为它伤害了兔的儿女们，便旧隙夹新嫌，使出更辣的辣手。“仇猫”的话柄，也从此传扬开来。然而在现在，这些早已是过去的事了，我已经改变态度，对猫颇为客气，倘其万不得已，则赶走而已，决不打伤它们，更何况杀害。这是我近几年的进步。经验既多，一旦大悟，知道猫的偷鱼肉，拖小鸡，深夜大叫，人们自然十之九是憎恶的，而这憎恶是在猫身上。假如我出而为人们驱除这憎恶，打伤或杀害了它，它便立刻变为可怜，那憎恶倒移在我身上了。所以，目下的办法，是凡遇猫们捣乱，至于有人讨厌时，我便站出去，在门口大声叱曰：“嘘！滚！”小小平静，即回书房，这样，就长保着御侮保家的资格。其实这方法，中国的官兵就常在实做的，他们总不肯扫清土匪或扑灭敌人，因为这么一来，就要不被重视，甚至于因失其用处而被裁汰。我想，如果能将这方法推广应用，我大概也总可望成为所谓“指导青年”的“前辈”的罢，但现下也还未决心实践，正在研究而且推敲。

一九二六年二月二十一日。

阿长与《山海经》

▶充满想象的古老奇书

《山海经》是我国先秦时期的重要古籍。内容主要是我国民间传说中的地理知识，还保存了不少上古时代流传下来的神话故事。

“刑天舞干戚”

长妈妈，已经说过，是一个一向带领着我的女工，说得阔气一点，就是我的保姆。我的母亲和许多别的人都这样称呼她，似乎略带些客气的意思。只有祖母叫她阿长。我平时叫她“阿妈”，连“长”字也不带；但到憎恶她的时候，——例如知道了谋死我那隐鼠的却是她的时候，就叫她阿长。

我们那里没有姓长的；她生得黄胖而矮，“长”也不是形容词。又不是她的名字，记得她自己说过，她的名字是叫作什么姑娘的。什么姑娘，我现在已经忘却了，总之不是长姑娘；也终于不知道她姓什么。记得她也曾告诉过我这个名称的来历：先前的先前，我家有一个女工，身材生得很高大，这就是真阿长。后来她回去了，我那什么姑娘才来补她的缺，然而大家因为叫惯了，没有再改口，于是她从此也就成为长妈妈了。

虽然背地里说人长短不是好事情，但倘使要我说句真心话，我可只得说：我实在不大佩服她。最讨厌的是常喜欢切切察察，向人们低声絮说些什么事，还竖起第二个手指，在空中上下摇动，或者点着对手或自己的鼻尖。我的家里一有些小风波，不知怎的我总疑心和这“切切察察”有些关系。又不许我走动，拔一株草，翻一块石头，就说我顽皮，要告诉我的母亲去了。一到夏天，睡觉时她又伸开两脚两手，在床中间摆成一个“大”字，挤得我没有余地翻身，久睡在一角的席子上，又已经烤得那么热。推她呢，不动；叫她呢，也不闻。

“长妈妈生得那么胖，一定很怕热罢？晚上的睡相，怕不见得很好罢？……”

母亲听到我多回诉苦之后，曾经这样地问过她。我也知道这意思是要她多给我一些空席。她不开口。但到夜里，我热得醒来的时候，却仍然看见满床摆着一个“大”字，一条臂膊还搁在我的颈子上。我想，这实在是无法可想了。

但是她懂得许多规矩；这些规矩，也大概是我所不耐烦的。一年中最高兴的时节，自然要数除夕了。辞岁之后，从长辈得到压岁钱，红纸包着，放在枕边，只要过一宵，便可以随意使用。睡在枕上，看着红包，想到明天买来的小鼓，刀枪，泥人，糖菩萨……。然而她进来，又将一个福橘[1]放在床头了。

“哥儿，你牢牢记住！”她极其郑重地说。“明天是正月初一，清早一睁开眼睛，第一句话就得对我说：‘阿妈，恭喜恭喜！’记得么？你要记着，这是一年的运气的事情。不许说别的话！说过之后，还得吃一点福橘。”她又拿起那橘子来在我的眼前摇了两摇，“那么，一年到头，顺顺流流……。”

梦里也记得元旦的，第二天醒得特别早，一醒，就要坐起来。她却立刻伸出臂膊，一把将我按

[1] 福橘：福建产的橘子，不仅外观红艳喜庆，而且“橘”与“吉”谐音，吃福橘是很多地方过年的习俗，为的是取一个好兆头。

住。我惊异地看她时，只见她惶急地看着我。

她又有所要求似的，摇着我的肩。我忽而记得了——

“阿妈，恭喜……。”

“恭喜恭喜！大家恭喜！真聪明！恭喜恭喜！”她于是十分喜欢似的，笑将起来，同时将一点冰冷的东西，塞在我的嘴里。我大吃一惊之后，也就忽而记得，这就是所谓福橘，元旦辟头的磨难，总算已经受完，可以下床玩耍去了。

她教给我的道理还很多，例如说人死了，不该说死掉，必须说“老掉了”；死了人，生了孩子的屋子里，不应该走进去；饭粒落在地上，必须拣起来，最好是吃下去；晒裤子用的竹竿底下，是万不可钻过去的……。此外，现在大抵忘却了，只有元旦的古怪仪式记得最清楚。总之：都是些烦琐之至，至今想起来还觉得非常麻烦的事情。

然而我有一时也对她发生过空前的敬意。她常常对我讲“长毛”。她之所谓“长毛”者，不但洪秀全军，似乎连后来一切土匪强盗都在内，但除却革命党，因为那时还没有。她说得长毛非常可怕，他们的话就听不懂。她说先前长毛进城的时候，我家全都逃到海边去了，只留一个门房和年老的煮饭老妈子看家。后来长毛果然进门来了，那老妈子便叫他们“大王”，——据说对长毛就应该这样叫，——诉说自己的饥饿。长毛笑道：“那么，这东西就给你吃了罢！”将一个圆圆的东西掷了过来，还带着一条小辫子，正是那门房的头。煮饭老妈子从此就骇破了胆，后来一提起，还是立刻面如土色，自己轻轻地拍着胸脯道：“阿呀，骇死我了，

▶长毛

1851年1月11日，清末农民起义领袖洪秀全发动金田起义，定国号太平天国，拉开了太平天国运动的序幕。太平天国的军队为了对抗清朝剃发留辫的律令，恢复了留发的传统，所以在当时被称为“长毛”，后来“长毛”也泛指盗匪。

骇死我了……。”

我那时似乎倒并不怕，因为我觉得这些事和我毫不相干的，我不是一个门房。但她大概也即觉到了，说道：“像你似的小孩子，长毛也要掳的，掳去做小长毛。还有好看的姑娘，也要掳。”

“那么，你是不要紧的。”我以为她一定最安全了，既不做门房，又不是小孩子，也生得不好看，况且颈子上还有许多灸疮疤。

“那里的话?!”她严肃地说。“我们就没有用么？我们也要被掳去。城外有兵来攻的时候，长毛就叫我们脱下裤子，一排一排地站在城墙上，外面的大炮就放不出来；再要放，就炸了!”

这实在是出于我意想之外的，不能不惊异。我一向只以为她满肚子是麻烦的礼节罢了，却不料她还有这样伟大的神力。从此对于她就有了特别的敬意，似乎实在深不可测；夜间的伸开手脚，占领全床，那当然是情有可原的了，倒应该我退让。

这种敬意，虽然也逐渐淡薄起来，但完全消失，大概是在知道她谋害了我的隐鼠之后。那时就极严重地诘问，而且当面叫她阿长。我想我又不真做小长毛，不去攻城，也不放炮，更不怕炮炸，我惧惮她什么呢!

但当我哀悼隐鼠，给它复仇的时候，一面又在渴慕着绘图的《山海经》了。这渴慕是从一个远房的叔祖[1]惹起来的。他是一个胖胖的，和蔼的老人，爱种一点花木，如珠兰，茉莉之类，还有极其少见的，据说从北边带回去的马缨花。他的太太却

[1] 远房的叔祖：指周兆兰，字玉田，清末秀才，是鲁迅的启蒙老师。

正相反，什么也莫名其妙，曾将晒衣服的竹竿搁在珠兰的枝条上，枝折了，还要愤愤地咒骂道："死尸!"这老人是个寂寞者，因为无人可谈，就很爱和孩子们往来，有时简直称我们为"小友"。在我们聚族而居的宅子里，只有他书多，而且特别。制艺和试帖诗[1]，自然也是有的；但我却只在他的书斋里，看见过陆玑的《毛诗草木鸟兽虫鱼疏》[2]，还有许多名目很生的书籍。我那时最爱看的是《花镜》[3]，上面有许多图。他说给我听，曾经有过一部绘图的《山海经》，画着人面的兽，九头的蛇，三脚的鸟，生着翅膀的人，没有头而以两乳当作眼睛的怪物，……可惜现在不知道放在那里了。

我很愿意看看这样的图画，但不好意思力逼他去寻找，他是很疏懒的。问别人呢，谁也不肯真实地回答我。压岁钱还有几百文，买罢，又没有好机会。有书买的大街离我家远得很，我一年中只能在正月间去玩一趟，那时候，两家书店都紧紧地关着门。

玩的时候倒是没有什么的，但一坐下，我就记得绘图的《山海经》。

大概是太过于念念不忘了，连阿长也来问《山海经》是怎么一回事。这是我向来没有和她说过的，我知道她并非学者，说了也无益；但既然来

---

[1] 制艺和试帖诗：制艺和试帖诗都是明清科举考试规定的公式化诗文。制艺，即摘取"四书""五经"中的文句命题、立论的八股文；试贴诗，大抵取古人诗句或成语命题，冠以"赋得"二字，并限韵脚，一般为五言八韵。

[2]《毛诗草木鸟兽虫鱼疏》：对《毛诗》中动植物名称进行解释的书，作者是陆玑，三国时吴国吴郡人。

[3]《花镜》：清代陈淏子著，是我国较早的一部园艺著作。

问，也就都对她说了。

过了十多天，或者一个月罢，我还很记得，是她告假回家以后的四五天，她穿着新的蓝布衫回来了，一见面，就将一包书递给我，高兴地说道：

“哥儿，有画儿的‘三哼经’，我给你买来了！”

我似乎遇着了一个霹雳，全体都震悚起来；赶紧去接过来，打开纸包，是四本小小的书，略略一翻，人面的兽，九头的蛇，……果然都在内。

这又使我发生新的敬意了，别人不肯做，或不能做的事，她却能够做成功。她确有伟大的神力。谋害隐鼠的怨恨，从此完全消灭了。

这四本书，乃是我最初得到，最为心爱的宝书。

书的模样，到现在还在眼前。可是从还在眼前的模样来说，却是一部刻印都十分粗拙的本子。纸张很黄；图像也很坏，甚至于几乎全用直线凑合，连动物的眼睛也都是长方形的。但那是我最为心爱的宝书，看起来，确是人面的兽；九头的蛇；一脚的牛；袋子似的帝江；没有头而“以乳为目，以脐为口”，还要“执干戚而舞”的刑天。

此后我就更其搜集绘图的书，于是有了石印的《尔雅音图》[1] 和《毛诗品物图考》[2]，又有了《点石斋丛画》[3] 和《诗画舫》[4]。《山海经》也另买了一部石印的，每卷都有图赞，绿色的画，字

---

[1] 《尔雅音图》：宋时的一种带有注音和插图的《尔雅》版本。《尔雅》是我国古代的辞书，作者不详，大概是汉初的著作。

[2] 《毛诗品物图考》：18世纪日本汉学家对《诗经》中动植物进行图释的书籍，由冈元凤作，橘国雄绘画。全书分为草、木、鸟、兽、虫、鱼六个部类，共七卷，有二百余幅白描插图。

[3] 《点石斋丛画》：尊闻阁主人编，是一部汇辑中国画家作品的画谱，其中收有日本画家的作品。

[4] 《诗画舫》：一部汇集了明代隆庆、万历年间画家作品的画谱，分山水、人物、花鸟、草虫、四友、扇谱六卷。

是红的，比那木刻的精致得多了。这一部直到前年还在，是缩印的郝懿行[1]疏。木刻的却已经记不清是什么时候失掉了。

我的保姆，长妈妈即阿长，辞了这人世，大概也有了三十年了罢。我终于不知道她的姓名，她的经历；仅知道有一个过继的儿子，她大约是青年守寡的孤孀。

仁厚黑暗的地母呵，愿在你怀里永安她的魂灵！

三月十日。

[1] 郝懿行：1757—1825，字恂九，号兰皋，山东栖霞人，清代经学家。著有《尔雅义疏》《山海经笺疏》《易说》《春秋说略》等。

《二十四孝图》

我总要上下四方寻求，得到一种最黑，最黑，最黑的咒文，先来诅咒一切反对白话，妨害白话者。即使人死了真有灵魂，因这最恶的心，应该堕入地狱，也将决不改悔，总要先来诅咒一切反对白话，妨害白话者。

自从所谓“文学革命”以来，供给孩子的书籍，和欧，美，日本的一比较，虽然很可怜，但总算有图可说，只要能读下去，就可以懂得的了。可是一班别有心肠的人们，便竭力来阻遏它，要使孩子的世界中，没有一丝乐趣。北京现在常用“马虎子”这一句话来恐吓孩子们。或者说，那就是《开河记》[1]上所载的，给隋炀帝开河，蒸死小儿的麻叔谋；正确地写起来，须是“麻胡子”。那么，这麻叔谋乃是胡人了。但无论他是甚么人，他的吃小孩究竟也还有限，不过尽他的一生。妨害白话者的流毒却甚于洪水猛兽，非常广大，也非常长久，能使全中国化成一个麻胡，凡有孩子都死在他肚子里。

只要对于白话来加以谋害者，都应该灭亡！

这些话，绅士们自然难免要掩住耳朵的，因为

▶儒家孝道的蒙养读物

《二十四孝图》讲述了古代二十四个孝子的故事，是宣扬孝道的读物，配有图画。现在看来二十四孝故事很多都很夸张，甚至不可思议，但在古代，这些故事不仅以书册的形式出现，还以戏曲、装饰墙砖等各种方式出现在人们的生活中，为人们所接受。

▶文学革命

1917 年 1 月，胡适在《新青年》杂志上发表《文学改良刍议》，2 月陈独秀发表《文学革命论》，正式提出“文学革命”的口号。文学革命反对文言文、提倡白话文，反对旧文学、提倡新文学。五四运动爆发以后，它成为新文化革命的一个重要组成部分。

[1]《开河记》：宋代的传奇小说，主要讲了隋炀帝令麻叔谋开掘卞渠的故事。

就是所谓“跳到半天空，骂得体无完肤，——还不肯罢休。”而且文士们一定也要骂，以为大悖于“文格”，亦即大损于“人格”。岂不是“言者心声也”么？“文”和“人”当然是相关的，虽然人间世本来千奇百怪，教授们中也有“不尊敬”作者的人格而不能“不说他的小说好”的特别种族。但这些我都不管，因为我幸而还没有爬上“象牙之塔”去，正无须怎样小心。倘若无意中竟已撞上了，那就即刻跌下来罢。然而在跌下来的中途，当还未到地之前，还要说一遍：

只要对于白话来加以谋害者，都应该灭亡！

每看见小学生欢天喜地地看着一本粗拙的《儿童世界》[1]之类，另想到别国的儿童用书的精美，自然要觉得中国儿童的可怜。但回忆起我和我的同窗小友的童年，却不能不以为他幸福，给我们的永逝的韶光一个悲哀的吊唁。我们那时有什么可看呢，只要略有图画的本子，就要被塾师，就是当时的“引导青年的前辈”禁止，呵斥，甚而至于打手心。我的小同学因为专读“人之初性本善”读得要枯燥而死了，只好偷偷地翻开第一叶，看那题着“文星高照”四个字的恶鬼一般的魁星[2]像，来满足他幼稚的爱美的天性。昨天看这个，今天也看这个，然而他们的眼睛里还闪出苏醒和欢喜的光辉来。

在书塾以外，禁令可比较的宽了，但这是说自己的事，各人大概不一样。我能在大众面前，冠冕

[1]《儿童世界》：1922年由郑振铎创办的儿童期刊，内含诗歌、童话、儿童故事、儿童创作等各种形式的创作，同时期刊还引进了《伊索寓言》等外国儿童文学作品，在当时十分具有社会影响力。

[2] 魁星：也叫奎星，是中国古代的星宿名称，传说中它主宰着文章的兴衰。

堂皇地阅看的，是《文昌帝君阴骘文图说》[1] 和《玉历钞传》[2]，都画着冥冥之中赏善罚恶的故事，雷公电母站在云中，牛头马面布满地下，不但“跳到半天空”是触犯天条的，即使半语不合，一念偶差，也都得受相当的报应。这所报的也并非“睚眦之怨”，因为那地方是鬼神为君，“公理”作宰，请酒下跪，全都无功，简直是无法可想。在中国的天地间，不但做人，便是做鬼，也艰难极了。然而究竟很有比阳间更好的处所：无所谓“绅士”，也没有“流言”。

阴间，倘要稳妥，是颂扬不得的。尤其是常常好弄笔墨的人，在现在的中国，流言的治下，而又大谈“言行一致”的时候。前车可鉴，听说阿尔志跋绥夫[3]曾答一个少女的质问说，“惟有在人生的事实这本身中寻出欢喜者，可以活下去。倘若在那里什么也不见，他们其实倒不如死。”于是乎有一个叫作密哈罗夫的，寄信嘲骂他道，“……所以我完全诚实地劝你自杀来祸福你自己的生命，因为这第一是合于逻辑，第二是你的言语和行为不至于背驰。”

其实这论法就是谋杀，他就这样地在他的人生中寻出欢喜来。阿尔志跋绥夫只发了一大通牢骚，没有自杀。密哈罗夫先生后来不知道怎样，这一个欢喜失掉了，或者另外又寻到了“什么”了罢。诚

---

[1]《文昌帝君阴骘文图说》：一本道教的典籍，宣传因果报应，传播封建迷信，阴骘是“阴德”的意思。

[2]《玉历钞传》：全称《玉历至宝钞传》，成书于清雍正时期，相传是一名法号“淡痴”的修行者游历地府，将此书从地府带出，书中描写了十殿地狱的情形。

[3] 阿尔志跋绥夫：1878—1927，俄国颓废主义文学流派最著名的作家之一，标榜个人享乐主义，代表作有《沙宁》《工人绥惠略夫》等。

然，“这些时候，勇敢，是安稳的；情热，是毫无危险的。”

然而，对于阴间，我终于已经颂扬过了，无法追改；虽有“言行不符”之嫌，但确没有受过阎王或小鬼的半文津贴，则差可以自解。总而言之，还是仍然写下去罢：

我所看的那些阴间的图画，都是家藏的老书，并非我所专有。我所收得的最先的画图本子，是一位长辈的赠品：《二十四孝图》。这虽然不过薄薄的一本书，但是下图上说，鬼少人多，又为我一人所独有，使我高兴极了。那里面的故事，似乎是谁都知道的；便是不识字的人，例如阿长，也只要一看图画便能够滔滔地讲出这一段的事迹。但是，我于高兴之余，接着就是扫兴，因为我请人讲完了二十四个故事之后，才知道“孝”有如此之难，对于先前痴心妄想，想做孝子的计划，完全绝望了。

“人之初，性本善”么？这并非现在要加研究的问题。但我还依稀记得，我幼小时候实未尝蓄意忤逆，对于父母，倒是极愿意孝顺的。不过年幼无知，只用了私见来解释“孝顺”的做法，以为无非是“听话”，“从命”，以及长大之后，给年老的父母好好地吃饭罢了。自从得了这一本孝子的教科书以后，才知道并不然，而且还要难到几十几百倍。其中自然也有可以勉力仿效的，如“子路负米”，“黄香扇枕”之类。“陆绩怀橘”也并不难，只要有阔人请我吃饭。“鲁迅先生作宾客而怀橘乎？”我便跪答云，“吾母性之所爱，欲归以遗母。”阔人大佩服，于是孝子就做稳了，也非常省事。“哭竹生笋”就可疑，怕我的精诚未必会这样感动天地。但是哭不出笋来，还不过抛脸而已，一到“卧冰求鲤”，可就有性命之虞了。我乡的天气是温和的，严冬中，水面也只结一层薄冰，即使孩子的重量怎样小，躺上去，也一定哗喇一声，冰破落水，鲤鱼还不及游过来。自然，必须不顾性命，这才孝感神明，会有出乎意料之外的奇迹，但那时我还小，实在不明白这些。

其中最使我不解，甚至于发生反感的，是“老莱娱亲”和“郭巨埋儿”两件事。

我至今还记得，一个躺在父母跟前的老头子，一个抱在母亲手上的小孩子，是怎样地使我发生不同的感想呵。他们一手都拿着“摇咕咚”。这玩意儿确是可爱的，北京称为小鼓，盖即鼗也，朱熹[1]曰，“鼗，小鼓，两旁有耳；持其柄而摇之，则旁耳还自击，”咕咚咕咚地响起来。然而这东西是不该拿在老莱子手里的，他应该扶一枝拐杖。现在这模样，简直是装佯，侮辱了孩子。我没有再看第二回，一到这一叶，便急速地翻过去了。

那时的《二十四孝图》，早已不知去向了，目下所有的只是一本日本小田海僊[2]所画的本子，叙老莱子事云，“行年七十，言不称老，常著五色斑斓之衣，为婴儿戏于亲侧。又常取水上堂，诈跌仆地，作婴儿啼，以娱亲意。”大约旧本也差不多，而招我反感的便是“诈跌”。无论忤逆，无论孝顺，小孩子多不愿意“诈”作，听故事也不喜欢是谣

[1] 朱熹：1130—1200，字元晦，宋代著名的哲学家、教育家。在哲学上发展了二程（程颢、程颐）关于理气关系的学说，集理学之大成，建立了一个完整的客观唯心主义的理学体系，也称程朱学派。

[2] 小田海僊：日本江户幕府末期的文人画家。

言，这是凡有稍稍留心儿童心理的都知道的。

然而在较古的书上一查，却还不至于如此虚伪。师觉授[1]《孝子传》云，“老莱子……常著斑斓之衣，为亲取饮，上堂脚跌，恐伤父母之心，僵仆为婴儿啼。”（《太平御览》[2]四百十三引）较之今说，似稍近于人情。不知怎地，后之君子却一定要改得他“诈”起来，心里才能舒服。邓伯道[3]弃子救侄，想来也不过“弃”而已矣，昏妄人也必须说他将儿子捆在树上，使他追不上来才肯歇手。正如将“肉麻当作有趣”一般，以不情为伦纪，诬蔑了古人，教坏了后人。老莱子即是一例，道学先生[4]以为他白璧无瑕时，他却已在孩子的心中死掉了。

至于玩着“摇咕咚”的郭巨的儿子，却实在值得同情。他被抱在他母亲的臂膊上，高高兴兴地笑着；他的父亲却正在掘窟窿，要将他埋掉了。说明云，“汉郭巨家贫，有子三岁，母尝减食与之。巨谓妻曰，贫乏不能供母，子又分母之食。盍埋此子？”但是刘向[5]《孝子传》所说，却又有些不同：巨家是富的，他都给了两弟；孩子是才生的，并没有到三岁。结末又大略相像了，“及掘坑二尺，得黄金一釜，上云：天赐郭巨，官不得取，民不得夺！”

---

[1] 师觉授：南朝宋涅阳（今河南镇平南）人，著有《孝子传》。

[2] 《太平御览》：类书，成书于宋太平兴国二年（977），由李昉等学者奉敕撰，全书以天、地、人、事、物为序，分成五十五门，引用古书一千多种，可谓包罗万象，有很高的史料价值。

[3] 邓伯道：？—326，名攸，晋代平阳襄陵（今属山西）人。据《晋书·邓攸传》载，在石勒攻晋的战乱中，邓伯道全家出逃，途中他为了保存兄弟唯一的血脉而抛弃了自己的儿子，故一生无子。

[4] 道学先生：指信奉和宣扬程朱理学的人，后泛指思想、作风特别迂腐的读书人。

[5] 刘向：约前77—前6，字子政，西汉沛（今江苏沛县）人。经学家、文学家，中国目录学鼻祖。他更为人知的著作是《战国策》。

我最初实在替这孩子捏一把汗，待到掘出黄金一釜，这才觉得轻松。然而我已经不但自己不敢再想做孝子，并且怕我父亲去做孝子了。家景正在坏下去，常听到父母愁柴米；祖母又老了，倘使我的父亲竟学了郭巨，那么，该埋的不正是我么？如果一丝不走样，也掘出一釜黄金来，那自然是如天之福，但是，那时我虽然年纪小，似乎也明白天下未必有这样的巧事。

现在想起来，实在很觉得傻气。这是因为现在已经知道了这些老玩意，本来谁也不实行。整饬伦纪的文电是常有的，却很少见绅士赤条条地躺在冰上面，将军跳下汽车去负米。何况现在早长大了，看过几部古书，买过几本新书，什么《太平御览》啊，《古孝子传》[1]啊，《人口问题》啊，《节制生育》啊，《二十世纪是儿童的世界》啊，可以抵抗被埋的理由多得很。不过彼一时，此一时，彼时我委实有点害怕：掘好深坑，不见黄金，连“摇咕咚”一同埋下去，盖上土，踏得实实的，又有什么法子可想呢。我想，事情虽然未必实现，但我从此总怕听到我的父母愁穷，怕看见我的白发的祖母，总觉得她是和我不两立，至少，也是一个和我的生命有些妨碍的人。后来这印象日见其淡了，但总有一些留遗，一直到她去世——这大概是送给《二十四孝图》的儒者所万料不到的罢。

五月十日。

---

[1]《古孝子传》：清代茅泮林从“类书”中辑录刘向、萧广济、王歆、王韶之、周景式、师觉授、宋躬、虞盘佑、郑缉等已散佚的《孝子传》而成。

五 猖 会

▶民间信仰“五猖会”

五猖在不同的时期和地方有不同的说法，有说五猖是马、猴、狗、鸡、蛇五种动物精灵，有说五猖是东、西、南、北、中五个方位的鬼，但是这些精灵鬼怪都经历了从恶到善的过程，最后被百姓敬为神，保一方平安。人们为其修庙，并且规定时间，举办庙会。五猖庙会寄托了百姓避灾祈福的美好愿望。

▶迎神赛会

旧时的一种迷信习俗，用仪仗鼓乐和杂戏迎神出庙，周游街巷，以酬神祈福。

孩子们所盼望的，过年过节之外，大概要数迎神赛会的时候了。但我家的所在很偏僻，待到赛会的行列经过时，一定已在下午，仪仗之类，也减而又减，所剩的极其寥寥。往往伸着颈子等候多时，却只见十几个人抬着一个金脸或蓝脸红脸的神像匆匆地跑过去。于是，完了。

我常存着这样的一个希望：这一次所见的赛会，比前一次繁盛些。可是结果总是一个“差不多”；也总是只留下一个纪念品，就是当神像还未抬过之前，化一文钱买下的，用一点烂泥，一点颜色纸，一枝竹签和两三枝鸡毛所做的，吹起来会发出一种刺耳的声音的哨子，叫作“吹都都”的，吡吡地吹它两三天。

现在看看《陶庵梦忆》[1]，觉得那时的赛会，真是豪奢极了，虽然明人的文章，怕难免有些夸大。因为祷雨而迎龙王，现在也还有的，但办法却已经很简单，不过是十多人盘旋着一条龙，以及村童们扮些海鬼。那时却还要扮故事，而且实在奇拔得可观。他记扮《水浒传》中人物云：“……于是分头四出，寻黑矮汉，寻梢长大汉，寻头陀，寻胖

[1]《陶庵梦忆》：明代张岱所作的小品文集，记录了他生活中的所见所闻。

大和尚，寻茁壮妇人，寻姣长妇人，寻青面，寻歪头，寻赤须，寻美髯，寻黑大汉，寻赤脸长须。大索城中；无，则之郭，之村，之山僻，之邻府州县。用重价聘之，得三十六人，梁山泊好汉，个个呵活，臻臻至至，人马称娖[1]而行。……”这样的白描的活古人，谁能不动一看的雅兴呢？可惜这种盛举，早已和明社一同消灭了。

赛会虽然不像现在上海的旗袍[2]，北京的谈国事[3]，为当局所禁止，然而妇孺们是不许看的，读书人即所谓士子，也大抵不肯赶去看。只有游手好闲的闲人，这才跑到庙前或衙门前去看热闹；我关于赛会的知识，多半是从他们的叙述上得来的，并非考据家所贵重的“眼学[4]”。然而记得有一回，也亲见过较盛的赛会。开首是一个孩子骑马先来，称为“塘报[5]”；过了许久，“高照[6]”到了，长竹竿揭起一条很长的旗，一个汗流浃背的胖大汉用两手托着；他高兴的时候，就肯将竿头放在头顶或牙齿上，甚而至于鼻尖。其次是所谓“高跷[7]”，“抬阁[8]”，“马头[9]”了；还有扮犯人的，红衣枷锁，内中也有孩子。我那时觉得这些都

---

[1] 称娖：行列整齐的样子。

[2] 上海的旗袍：当时盘踞江浙等地的军阀孙传芳认为妇女穿旗袍有伤风化，曾下令禁止。

[3] 北京的谈国事：统治北京的北洋军阀禁止人民谈论国事，酒肆茶馆等公共场所多贴有“莫谈国事”的纸条。

[4] 眼学：语见北齐颜之推《颜氏家训·勉学》：“谈说制文，援引古昔，必须眼学，勿信耳受。”意思是说写文章做学问援引的文章材料，必须要亲眼看过，不要轻信耳闻。

[5] 塘报：指驿报，原指古代驿站快马投递的紧急公文。浙东一带赛会时，由一化装的孩子骑马先行，告知路旁的观众赛会队伍即将到来。

[6] 高照：指悬挂在长竹竿上的通告。“照”就是通告。

[7] 高跷：属于民间游艺。高跷的表演者踩着木棍，边走边表演。

[8] 抬阁：属于民间游艺。两三个小孩子在一个木制的四方形小台子里表演，由成年人抬着他们游行。

[9] 马头：属于民间游艺。由孩子们装扮成戏里的角色，骑马游行。

是有光荣的事业，与闻其事的即全是大有运气的人，——大概羡慕他们的出风头罢。我想，我为什么不生一场重病，使我的母亲也好到庙里去许下一个“扮犯人”的心愿的呢？……然而我到现在终于没有和赛会发生关系过。

要到东关看五猖会去了。这是我儿时所罕逢的一件盛事。因为那会是全县中最盛的会，东关又是离我家很远的地方，出城还有六十多里水路，在那里有两座特别的庙。一是梅姑庙，就是《聊斋志异》所记，室女守节，死后成神，却篡取别人的丈夫的；现在神座上确塑着一对少年男女，眉开眼笑，殊与“礼教”有妨。其一便是五猖庙了，名目就奇特。据有考据癖的人说：这就是五通神。然而也并无确据。神像是五个男人，也不见有什么猖獗之状；后面列坐着五位太太，却并不“分坐”，远不及北京戏园里界限之谨严。其实呢，这也是殊与“礼教”有妨的，——但他们既然是五猖，便也无法可想，而且自然也就“又作别论”了。

因为东关离城远，大清早大家就起来。昨夜预定好的三道明瓦窗的大船，已经泊在河埠头，船椅，饭菜，茶炊，点心盒子，都在陆续搬下去了。我笑着跳着，催他们要搬得快。忽然，工人的脸色很谨肃了，我知道有些蹊跷，四面一看，父亲就站在我背后。

“去拿你的书来。”他慢慢地说。

这所谓“书”，是指我开蒙时候所读的《鉴略》[1]。因为我再没有第二本了。我们那里上学的

[1]《鉴略》：清代王仕云著，旧时启蒙用的通史读物，所述内容上起盘古，下至明代弘光。

岁数是多拣单数的，所以这使我记住我其时是七岁。

我忐忑着，拿了书来了。他使我同坐在堂中央的桌子前，教我一句一句地读下去。我担着心，一句一句地读下去。

两句一行，大约读了二三十行罢，他说：

“给我读熟。背不出，就不准去看会。”

他说完，便站起来，走进房里去了。

我似乎从头上浇了一盆冷水。但是，有什么法子呢？自然是读着，读着，强记着，——而且要背出来。

粤自盘古，生于太荒，
首出御世，肇开混茫。

就是这样的书，我现在只记得前四句，别的都忘却了；那时所强记的二三十行，自然也一齐忘却在里面了。记得那时听人说，读《鉴略》比读《千字文》,《百家姓》有用得多，因为可以知道从古到今的大概。知道从古到今的大概，那当然是很好的，然而我一字也不懂。“粤自盘古”就是“粤自盘古”，读下去，记住它，“粤自盘古”呵！“生于太荒”呵！……

应用的物件已经搬完，家中由忙乱转成静肃了。朝阳照着西墙，天气很清朗。母亲，工人，长妈妈即阿长，都无法营救，只默默地静候着我读熟，而且背出来。在百静中，我似乎头里要伸出许多铁钳，将什么“生于太荒”之流夹住；也听到自己急急诵读的声音发着抖，仿佛深秋的蟋蟀，在夜中鸣叫似的。

他们都等候着；太阳也升得更高了。

我忽然似乎已经很有把握，便即站了起来，拿书走进父亲的书房，一气背将下去，梦似的就背完了。

“不错。去罢。”父亲点着头，说。

大家同时活动起来，脸上都露出笑容，向河埠走去。工人将我高高地抱起，仿佛在祝贺我的成功一般，快步走在最前头。

我却并没有他们那么高兴。开船以后，水路中的风景，盒子里的点心，以及到了东关的五猖会的热闹，对于我似乎都没有什么大意思。

直到现在，别的完全忘却，不留一点痕迹了，只有背诵《鉴略》这一段，却还分明如昨日事。

我至今一想起，还诧异我的父亲何以要在那时候叫我来背书。

五月二十五日。

无　常

迎神赛会这一天出巡的神，如果是掌握生杀之权的，——不，这生杀之权四个字不大妥，凡是神，在中国仿佛都有些随意杀人的权柄似的，倒不如说是职掌人民的生死大事的罢，就如城隍和东岳大帝之类，那么，他的卤簿[1]中间就另有一群特别的脚色：鬼卒，鬼王，还有活无常。

这些鬼物们，大概都是由粗人和乡下人扮演的。鬼卒和鬼王是红红绿绿的衣裳，赤着脚；蓝脸，上面又画些鱼鳞，也许是龙鳞或别的什么鳞罢，我不大清楚。鬼卒拿着钢叉，叉环振得琅琅地响，鬼王拿的是一块小小的虎头牌。据传说，鬼王是只用一只脚走路的；但他究竟是乡下人，虽然脸上已经画上些鱼鳞或者别的什么鳞，却仍然只得用了两只脚走路。所以看客对于他们不很敬畏，也不大留心，除了念佛老妪和她的孙子们为面面圆到起见，也照例给他们一个“不胜屏营待命之至”的仪节。

▶民间戏曲里的无常鬼

旧时迷信中，人死时地府派出的勾魂使者便是无常，有黑、白无常之分。

至于我们——我相信：我和许多人——所最愿意看的，却在活无常。他不但活泼而诙谐，单是那浑身雪白这一点，在红红绿绿中就有“鹤立鸡群”

[1] 卤簿：封建时代帝王或大臣外出时的侍从仪仗队。

之概。只要望见一顶白纸的高帽子和他手里的破芭蕉扇的影子，大家就都有些紧张，而且高兴起来了。人民之于鬼物，惟独与他最为稔熟，也最为亲密，平时也常常可以遇见他。譬如城隍庙或东岳庙中，大殿后面就有一间暗室，叫作“阴司间”，在才可辨色的昏暗中，塑着各种鬼：吊死鬼，跌死鬼，虎伤鬼，科场鬼，……而一进门口所看见的长而白的东西就是他。我虽然也曾瞻仰过一回这“阴司间”，但那时胆子小，没有看明白。听说他一手还拿着铁索，因为他是勾摄生魂的使者。相传樊江东岳庙的“阴司间”的构造，本来是极其特别的：门口是一块活板，人一进门，踏着活板的这一端，塑在那一端的他便扑过来，铁索正套在你脖子上。后来吓死了一个人，钉实了，所以在我幼小的时候，这就已不能动。

倘使要看个分明，那么，《玉历钞传》上就画着他的像，不过《玉历钞传》也有繁简不同的本子的，倘是繁本，就一定有。身上穿的是斩衰凶服[1]，腰间束的是草绳，脚穿草鞋，项挂纸锭[2]；手上是破芭蕉扇，铁索，算盘；肩膀是耸起的，头发却披下来；眉眼的外梢都向下，像一个“八”字。头上一顶长方帽，下大顶小，按比例一算，该有二尺来高罢；在正面，就是遗老遗少们所戴瓜皮小帽的缀一粒珠子或一块宝石的地方，直写着四个字道：“一见有喜”。有一种本子上，却写的是“你也来了”。这四个字，是有时也见于包公殿

[1] 斩衰凶服：封建丧制中规定的重孝丧服，用粗麻布裁制，不缝下边。
[2] 纸锭：用纸或者锡箔折成的元宝，迷信认为焚化给死者，可供死者在“阴间”使用。

的扁额上的，至于他的帽上是何人所写，他自己还是阎罗王，我可没有研究出。

《玉历钞传》上还有一种和活无常相对的鬼物，装束也相仿，叫作“死有分”。这在迎神时候也有的，但名称却讹作死无常了，黑脸，黑衣，谁也不爱看。在“阴司间”里也有的，胸口靠着墙壁，阴森森地站着；那才真真是“碰壁”。凡有进去烧香的人们，必须摩一摩他的脊梁，据说可以摆脱了晦气；我小时也曾摩过这脊梁来，然而晦气似乎终于没有脱，——也许那时不摩，现在的晦气还要重罢，这一节也还是没有研究出。

我也没有研究过小乘佛教[1]的经典，但据耳食之谈[2]，则在印度的佛经里，焰摩天[3]是有的，牛首阿旁[4]也有的，都在地狱里做主任。至于勾摄生魂的使者的这无常先生，却似乎于古无征，耳所习闻的只有什么“人生无常”之类的话。大概这意思传到中国之后，人们便将他具象化了。这实在是我们中国人的创作。

然而人们一见他，为什么就都有些紧张，而且高兴起来呢？

凡有一处地方，如果出了文士学者或名流，他将笔头一扭，就很容易变成“模范县”。我的故乡，在汉末虽曾经虞仲翔先生揄扬过，但是那究竟太早了，后来到底免不了产生所谓“绍兴师爷[5]”，不

[1] 小乘佛教：早期佛教的主要流派。
[2] 耳食之谈：意思是用耳朵吃东西，比喻没有经过思考而轻信传言。
[3] 焰摩天：佛教用语，传说“欲界六欲天”中的第三层天，也写作夜摩天、炎摩天等。
[4] 牛首阿旁：佛教中指地狱牛头、牛脚的鬼卒。
[5] 绍兴师爷：师爷是清代官署中承办刑事判牍的幕僚的称呼，当时绍兴籍的幕僚较多，因有“绍兴师爷”之称。

过也并非男女老小全是“绍兴师爷”，别的“下等人”也不少。这些“下等人”，要他们发什么“我们现在走的是一条狭窄险阻的小路，左面是一个广漠无际的泥潭，右面也是一片广漠无际的浮砂，前面是遥遥茫茫荫在薄雾的里面的目的地”那样热昏似的妙语，是办不到的，可是在无意中，看得往这“荫在薄雾的里面的目的地”的道路很明白：求婚，结婚，养孩子，死亡。但这自然是专就我的故乡而言，若是“模范县”里的人民，那当然又作别论。他们——敝同乡“下等人”——的许多，活着，苦着，被流言，被反噬，因了积久的经验，知道阳间维持“公理”的只有一个会[1]，而且这会的本身就是“遥遥茫茫”，于是乎势不得不发生对于阴间的神往。人是大抵自以为衔些冤抑的；活的“正人君子”们只能骗鸟，若问愚民，他就可以不假思索地回答你：公正的裁判是在阴间！

想到生的乐趣，生固然可以留恋；但想到生的苦趣，无常也不一定是恶客。无论贵贱，无论贫富，其时都是“一双空手见阎王”，有冤的得伸，有罪的就得罚。然而虽说是“下等人”，也何尝没有反省？自己做了一世人，又怎么样呢？未曾“跳到半天空”么？没有“放冷箭”么？无常的手里就拿着大算盘，你摆尽臭架子也无益。对付别人要滴水不羼的公理，对自己总还不如虽在阴司里也还能够寻到一点私情。然而那又究竟是阴间，阎罗天子，牛首阿旁，还有中国人自己想出来的马面，都是并不兼差，真正主持公理的脚色，虽然他们并没

[1] 一个会：指的是1925年12月陈西滢等组织的“教育界公理维持会”。

有在报上发表过什么大文章。当还未做鬼之前，有时先不欺心的人们，遥想着将来，就又不能不想在整块的公理中，来寻一点情面的末屑，这时候，我们的活无常先生便见得可亲爱了，利中取大，害中取小，我们的古哲墨翟先生谓之“小取”云。

在庙里泥塑的，在书上墨印的模样上，是看不出他那可爱来的。最好是去看戏。但看普通的戏也不行，必须看“大戏”或者“目连戏”。目连戏的热闹，张岱在《陶庵梦忆》上也曾夸张过，说是要连演两三天。在我幼小时候可已经不然了，也如大戏一样，始于黄昏，到次日的天明便完结。这都是敬神禳灾的演剧，全本里一定有一个恶人，次日的将近天明便是这恶人的收场的时候，“恶贯满盈”，阎王出票来勾摄了，于是乎这活的活无常便在戏台上出现。

▶“大戏”或者“目连戏”

绍兴地方戏。大戏包括高调班（文班）及乱弹班（武班）。目连戏以宗教故事“目莲救母”为题材，是中国历史上有据可考的第一个剧目，被誉为中国戏曲的“戏祖”，经典短折有《跳无常》《女吊》等。

我还记得自己坐在这一种戏台下的船上的情形，看客的心情和普通是两样的。平常愈夜深愈懒散，这时却愈起劲。他所戴的纸糊的高帽子，本来是挂在台角上的，这时预先拿进去了；一种特别乐器，也准备使劲地吹。这乐器好像喇叭，细而长，可有七八尺，大约是鬼物所爱听的罢，和鬼无关的时候就不用；吹起来，Nhatu，nhatu，nhatututuu地响，所以我们叫它“目连嗐头[1]”。

在许多人期待着恶人的没落的凝望中，他出来了，服饰比画上还简单，不拿铁索，也不带算盘，就是雪白的一条莽汉，粉面朱唇，眉黑如漆，蹙着，不知道是在笑还是在哭。但他一出台就须打一

[1] 目连嗐头：嗐头，绍兴方言，即号筒。“目连嗐头”是一种特别加长的号筒。

百零八个嚏，同时也放一百零八个屁，这才自述他的履历。可惜我记不清楚了，其中有一段大概是这样：

"…………

大王出了牌票，叫我去拿隔壁的癞子。

问了起来呢，原来是我堂房的阿侄。

生的是什么病？伤寒，还带痢疾。

看的是什么郎中？下方桥的陈念义[1] la儿子。

开的是怎样的药方？附子，肉桂，外加牛膝。

第一煎吃下去，冷汗发出；

第二煎吃下去，两脚笔直。

我道 nga 阿嫂哭得悲伤，暂放他还阳半刻。

大王道我是得钱买放，就将我捆打四十！"

这叙述里的"子"字都读作入声。陈念义是越中的名医，俞仲华曾将他写入《荡寇志》里，拟为神仙；可是一到他的令郎，似乎便不大高明了。la者"的"也；"儿"读若"倪"，倒是古音罢；nga者，"我的"或"我们的"之意也。

他口里的阎罗天子仿佛也不大高明，竟会误解他的人格，——不，鬼格。但连"还阳半刻"都知道，究竟还不失其"聪明正直之谓神"。不过这惩罚，却给了我们的活无常以不可磨灭的冤苦的印象，一提起，就使他更加蹙紧双眉，捏定破芭蕉

[1] 陈念义：清代嘉庆、道光年间绍兴的名医。

扇，脸向着地，鸭子浮水似的跳舞起来。

Nhatu，nhatu，nhatu-nhatu-nhatututuu！目连嗐头也冤苦不堪似的吹着。

他因此决定了：

“难是弗放者个！
那怕你，铜墙铁壁！
那怕你，皇亲国戚！
…………”

“难”者，“今”也；“者个”者，“的了”之意，词之决也。“虽有忮心，不怨飘瓦”，他现在毫不留情了，然而这是受了阎罗老子的督责之故，不得已也。一切鬼众中，就是他有点人情；我们不变鬼则已，如果要变鬼，自然就只有他可以比较的相亲近。

我至今还确凿记得，在故乡时候，和“下等人”一同，常常这样高兴地正视过这鬼而人，理而情，可怖而可爱的无常；而且欣赏他脸上的哭或笑，口头的硬语与谐谈……。

迎神时候的无常，可和演剧上的又有些不同了。他只有动作，没有言语，跟定了一个捧着一盘饭菜的小丑似的脚色走，他要去吃；他却不给他。另外还加添了两名角色，就是“正人君子”之所谓“老婆儿女”。凡“下等人”，都有一种通病：常喜欢以己之所欲，施之于人。虽是对于鬼，也不肯给他孤寂，凡有鬼神，大概总要给他们一对一对地配起来。无常也不在例外。所以，一个是漂亮的女人，只是很有些村妇样，大家都称她无常嫂；这样看来，无常是和我们平辈的，无怪他不摆教授先生的架子。一个是小孩子，小高帽，小白衣；虽然小，两肩却已经耸起了，眉目的外梢也向下。这分明是无常少爷了，大家却叫他阿领[1]，对于他似乎都不很表敬意；猜起来，仿佛是无常嫂的前夫之子似的。但不知何以相貌又和无常有这么像？吁！鬼神之事，难言之矣，只得姑且置之弗论。至于无常何以没有亲儿女，到今年可很容易解释了：鬼神能前知，他怕儿女一多，爱说闲话的就要旁敲侧击地锻成他拿卢布，所以不但研究，还早已实行了"节育"了。

这捧着饭菜的一幕，就是"送无常"。因为他是勾魂使者，所以民间凡有一个人死掉之后，就得用酒饭恭送他。至于不给他吃，那是赛会时候的开玩笑，实际上并不然。但是，和无常开玩笑，是大家都有此意的，因为他爽直，爱发议论，有人情，——要寻真实的朋友，倒还是他妥当。

有人说，他是生人走阴，就是原是人，梦中却入冥去当差的，所以很有些人情。我还记得住在离我家不远的小屋子里的一个男人，便自称是"走无常"，门外常常燃着香烛。但我看他脸上的鬼气反而多。莫非入冥做了鬼，倒会增加人气的么？吁！鬼神之事，难言之矣，这也只得姑且置之弗论了。

六月二十三日。

---

[1] 阿领：指妇女再嫁时领（带）来的同前夫所生的孩子。

从百草园到三味书屋

我家的后面有一个很大的园，相传叫作百草园。现在是早已并屋子一起卖给朱文公的子孙了，连那最末次的相见也已经隔了七八年，其中似乎确凿只有一些野草；但那时却是我的乐园。

不必说碧绿的菜畦，光滑的石井栏，高大的皂荚树，紫红的桑椹；也不必说鸣蝉在树叶里长吟，肥胖的黄蜂伏在菜花上，轻捷的叫天子（云雀）忽然从草间直窜向云霄里去了。单是周围的短短的泥墙根一带，就有无限趣味。油蛉在这里低唱，蟋蟀们在这里弹琴。翻开断砖来，有时会遇见蜈蚣；还有斑蝥，倘若用手指按住它的脊梁，便会拍的一声，从后窍喷出一阵烟雾。何首乌藤和木莲藤缠络着，木莲有莲房一般的果实，何首乌有拥肿的根。有人说，何首乌根是有像人形的，吃了便可以成仙，我于是常常拔它起来，牵连不断地拔起来，也曾因此弄坏了泥墙，却从来没有见过有一块根像人样。如果不怕刺，还可以摘到覆盆子，像小珊瑚珠攒成的小球，又酸又甜，色味都比桑椹要好得远。

长的草里是不去的，因为相传这园里有一条很大的赤练蛇。

长妈妈曾经讲给我一个故事听：先前，有一个读书人住在古庙里用功，晚间，在院子里纳凉的时

▶百草园和三味书屋

现在的百草园位于浙江绍兴鲁迅故居的后面，占地近两千平方米。绍兴鲁迅故居的东侧是鲁迅纪念馆，再东侧是三味书屋。

百草园

三味书屋

候，突然听到有人在叫他。答应着，四面看时，却见一个美女的脸露在墙头上，向他一笑，隐去了。他很高兴；但竟给那走来夜谈的老和尚识破了机关。说他脸上有些妖气，一定遇见“美女蛇”了；这是人首蛇身的怪物，能唤人名，倘一答应，夜间便要来吃这人的肉的。他自然吓得要死，而那老和尚却道无妨，给他一个小盒子，说只要放在枕边，便可高枕而卧。他虽然照样办，却总是睡不着，——当然睡不着的。到半夜，果然来了，沙沙沙！门外像是风雨声。他正抖作一团时，却听得豁的一声，一道金光从枕边飞出，外面便什么声音也没有了，那金光也就飞回来，敛在盒子里。后来呢？后来，老和尚说，这是飞蜈蚣，它能吸蛇的脑髓，美女蛇就被它治死了。

结末的教训是：所以倘有陌生的声音叫你的名字，你万不可答应他。

这故事很使我觉得做人之险，夏夜乘凉，往往有些担心，不敢去看墙上，而且极想得到一盒老和尚那样的飞蜈蚣。走到百草园的草丛旁边时，也常常这样想。但直到现在，总还是没有得到，但也没有遇见过赤练蛇和美女蛇。叫我名字的陌生声音自然是常有的，然而都不是美女蛇。

冬天的百草园比较的无味；雪一下，可就两样了。拍雪人（将自己的全形印在雪上）和塑雪罗汉需要人们鉴赏，这是荒园，人迹罕至，所以不相宜，只好来捕鸟。薄薄的雪，是不行的；总须积雪盖了地面一两天，鸟雀们久已无处觅食的时候才好。扫开一块雪，露出地面，用一枝短棒支起一面大的竹筛来，下面撒些秕谷，棒上系一条长绳，人远远地牵着，看鸟雀下来啄食，走到竹筛底下的时候，将绳子一拉，便罩住了。但所得的是麻雀居多，也有白颊的"张飞鸟[1]"，性子很躁，养不过夜的。

这是闰土的父亲所传授的方法，我却不大能用。明明见它们进去了，拉了绳，跑去一看，却什么都没有，费了半天力，捉住的不过三四只。闰土的父亲是小半天便能捕获几十只，装在叉袋[2]里叫着撞着的。我曾经问他得失的缘由，他只静静地笑道：你太性急，来不及等它走到中间去。

我不知道为什么家里的人要将我送进书塾里去了，而且还是全城中称为最严厉的书塾。也许是因为拔何首乌毁了泥墙罢，也许是因为将砖头抛到间壁的梁家去了罢，也许是因为站在石井栏上跳了下来罢，……都无从知道。总而言之：我将不能常到百草园了。Ade[3]，我的蟋蟀们！Ade，我的覆盆子们和木莲们！……

出门向东，不上半里，走过一道石桥，便是我的先生[4]的家了。从一扇黑油的竹门进去，第三间是书房。中间挂着一块扁道：三味书屋；扁下面是一幅画，画着一只很肥大的梅花鹿伏在古树下。没有孔子牌位，我们便对着那扁和鹿行礼。第一次算是拜孔子，第二次算是拜先生。

第二次行礼时，先生便和蔼地在一旁答礼。他是一个高而瘦的老人，须发都花白了，还戴着大眼

---

[1] 张飞鸟：鹟鸰，头部圆而黑，前额纯白，形似舞台上张飞的脸谱，所以浙东有的地方叫它"张飞鸟"。
[2] 叉袋：袋口成叉角的麻袋或布袋。
[3] Ade：德语，"再见"的意思。
[4] 先生：指三味书屋塾师寿怀鉴（1849—1930），字镜吾，清朝同治年间的秀才，鲁迅十一岁跟随其读书。

镜。我对他很恭敬，因为我早听到，他是本城中极方正，质朴，博学的人。

不知从那里听来的，东方朔[1]也很渊博，他认识一种虫，名曰“怪哉[2]”，冤气所化，用酒一浇，就消释了。我很想详细地知道这故事，但阿长是不知道的，因为她毕竟不渊博。现在得到机会了，可以问先生。

“先生，‘怪哉’这虫，是怎么一回事？……”我上了生书，将要退下来的时候，赶忙问。

“不知道！”他似乎很不高兴，脸上还有怒色了。

我才知道做学生是不应该问这些事的，只要读书，因为他是渊博的宿儒，决不至于不知道，所谓不知道者，乃是不愿意说。年纪比我大的人，往往如此，我遇见过好几回了。

我就只读书，正午习字，晚上对课[3]。先生最初这几天对我很严厉，后来却好起来了，不过给我读的书渐渐加多，对课也渐渐地加上字去，从三言到五言，终于到七言。

三味书屋后面也有一个园，虽然小，但在那里也可以爬上花坛去折腊梅花，在地上或桂花树上寻蝉蜕。最好的工作是捉了苍蝇喂蚂蚁，静悄悄地没有声音。然而同窗们到园里的太多，太久，可就不行了，先生在书房里便大叫起来：

“人都到哪里去了?!”

---

[1] 东方朔：前154—前93，字曼倩，平原厌次（今山东惠民东北）人，西汉时期著名文学家。

[2] 怪哉：一种传说中的昆虫，据说汉武帝路遇此虫而不识，就问东方朔，东方朔说，这种虫是秦朝冤死在牢狱里的老百姓的化身，放在酒里会溶解。

[3] 对课：旧时学塾教学生练习对仗的一种功课，用虚实平仄的字相对，如“桃红”对“柳绿”之类。

人们便一个一个陆续走回去；一同回去，也不行的。他有一条戒尺，但是不常用，也有罚跪的规则，但也不常用，普通总不过瞪几眼，大声道：

"读书!"

于是大家放开喉咙读一阵书，真是人声鼎沸。有念"仁远乎哉我欲仁斯仁至矣"的，有念"笑人齿缺曰狗窦大开"的，有念"上九潜龙勿用"的，有念"厥土下上上错厥贡苞茅橘柚"的……。先生自己也念书。后来，我们的声音便低下去，静下去了，只有他还大声朗读着：

"铁如意，指挥倜傥，一座皆惊呢～～；金叵罗，颠倒淋漓噫，千杯未醉嗬～～……。"

我疑心这是极好的文章，因为读到这里，他总是微笑起来，而且将头仰起，摇着，向后面拗过去，拗过去。

先生读书入神的时候，于我们是很相宜的。有几个便用纸糊的盔甲套在指甲上做戏。我是画画儿，用一种叫作"荆川纸"的，蒙在小说的绣像[1]上一个个描下来，像习字时候的影写一样。读的书多起来，画的画也多起来；书没有读成，画的成绩却不少了，最成片段的是《荡寇志》和《西游记》的绣像，都有一大本。后来，因为要钱用，卖给一个有钱的同窗了。他的父亲是开锡箔店的；听说现在自己已经做了店主，而且快要升到绅士的地位了。这东西早已没有了罢。

九月十八日。

[1] 绣像：指的是附在明清通俗小说中的书中人物的白描画像。

父亲的病

大约十多年前罢，S城中曾经盛传过一个名医的故事：

他出诊原来是一元四角，特拔十元，深夜加倍，出城又加倍。有一夜，一家城外人家的闺女生急病，来请他了，因为他其时已经阔得不耐烦，便非一百元不去。他们只得都依他。待去时，却只是草草地一看，说道“不要紧的”，开一张方，拿了一百元就走。那病家似乎很有钱，第二天又来请了。他一到门，只见主人笑面承迎，道，“昨晚服了先生的药，好得多了，所以再请你来复诊一回。”仍旧引到房里，老妈子便将病人的手拉出帐外来。他一按，冷冰冰的，也没有脉，于是点点头道，“唔，这病我明白了。”从从容容走到桌前，取了药方纸，提笔写道：

“凭票付英洋[1]壹百元正。”下面是署名，画押。

“先生，这病看来很不轻了，用药怕还得重一点罢。”主人在背后说。

“可以，”他说。于是另开了一张方：

[1] 英洋：也叫“鹰洋”，墨西哥银元，币面铸有鹰的图案，故称“鹰洋”。鸦片战争之后曾大量流入我国。

“凭票付英洋贰百元正。”下面仍是署名，画押。

这样，主人就收了药方，很客气地送他出来了。

我曾经和这名医周旋过两整年，因为他隔日一回，来诊我的父亲的病。那时虽然已经很有名，但还不至于阔得这样不耐烦；可是诊金却已经是一元四角。现在的都市上，诊金一次十元并不算奇，可是那时是一元四角已是巨款，很不容易张罗的了；又何况是隔日一次。他大概的确有些特别，据舆论说，用药就与众不同。我不知道药品，所觉得的，就是“药引”的难得，新方一换，就得忙一大场。先买药，再寻药引。“生姜”两片，竹叶十片去尖，他是不用的了。起码是芦根，须到河边去掘；一到经霜三年的甘蔗，便至少也得搜寻两三天。可是说也奇怪，大约后来总没有购求不到的。

据舆论说，神妙就在这地方。先前有一个病人，百药无效；待到遇见了什么叶天士[1]先生，只在旧方上加了一味药引：梧桐叶。只一服，便霍然而愈了。“医者，意也。”其时是秋天，而梧桐先知秋气。其先百药不投，今以秋气动之，以气感气，所以……。我虽然并不了然，但也十分佩服，知道凡有灵药，一定是很不容易得到的，求仙的人，甚至于还要拚了性命，跑进深山里去采呢。

这样有两年，渐渐地熟识，几乎是朋友了。父亲的水肿是逐日利害，将要不能起床；我对于经霜三年的甘蔗之流也逐渐失了信仰，采办药引似乎再没有先前一般踊跃了。正在这时候，他有一天来诊，问过病状，便极其诚恳地说：

---

[1] 叶天士：1667—1746，名桂，号香岩，江苏吴县人，清乾隆时名医。

“我所有的学问，都用尽了。这里还有一位陈莲河[1]先生，本领比我高。我荐他来看一看，我可以写一封信。可是，病是不要紧的，不过经他的手，可以格外好得快……。”

这一天似乎大家都有些不欢，仍然由我恭敬地送他上轿。进来时，看见父亲的脸色很异样，和大家谈论，大意是说自己的病大概没有希望的了；他因为看了两年，毫无效验，脸又太熟了，未免有些难以为情，所以等到危急时候，便荐一个生手自代，和自己完全脱了干系。但另外有什么法子呢？本城的名医，除他之外，实在也只有一个陈莲河了。明天就请陈莲河。

陈莲河的诊金也是一元四角。但前回的名医的脸是圆而胖的，他却长而胖了：这一点颇不同。还有用药也不同，前回的名医是一个人还可以办的，这一回却是一个人有些办不妥帖了，因为他一张药方上，总兼有一种特别的丸散和一种奇特的药引。

芦根和经霜三年的甘蔗，他就从来没有用过。最平常的是“蟋蟀一对”，旁注小字道：“要原配，即本在一窠中者。”似乎昆虫也要贞节，续弦或再醮，连做药资格也丧失了。但这差使在我并不为难，走进百草园，十对也容易得，将它们用线一缚，活活地掷入沸汤中完事。然而还有“平地木十株”呢，这可谁也不知道是什么东西了，问药店，问乡下人，问卖草药的，问老年人，问读书人，问木匠，都只是摇摇头，临末才记起了那远房的叔祖，爱种一点花木的老人，跑去一问，他果然知

[1] 陈莲河：指何廉臣（1861—1929），当时绍兴的中医。

道，是生在山中树下的一种小树，能结红子如小珊瑚珠的，普通都称为“老弗大”。

“踏破铁鞋无觅处，得来全不费工夫。”药引寻到了，然而还有一种特别的丸药：败鼓皮丸。这“败鼓皮丸”就是用打破的旧鼓皮做成；水肿一名鼓胀，一用打破的鼓皮自然就可以克伏他。清朝的刚毅因为憎恨“洋鬼子”，预备打他们，练了些兵称作“虎神营[1]”，取虎能食羊，神能伏鬼的意思，也就是这道理。可惜这一种神药，全城中只有一家出售的，离我家就有五里，但这却不像平地木那样，必须暗中摸索了，陈莲河先生开方之后，就恳切详细地给我们说明。

“我有一种丹，”有一回陈莲河先生说，“点在舌上，我想一定可以见效。因为舌乃心之灵苗……。价钱也并不贵，只要两块钱一盒……。”

我父亲沉思了一会，摇摇头。

“我这样用药还会不大见效，”有一回陈莲河先生又说，“我想，可以请人看一看，可有什么冤愆……。医能医病，不能医命，对不对？自然，这也许是前世的事……。”

我的父亲沉思了一会，摇摇头。

凡国手，都能够起死回生的，我们走过医生的门前，常可以看见这样的扁额。现在是让步一点了，连医生自己也说道：“西医长于外科，中医长于内科。”但是S城那时不但没有西医，并且谁也还没有想到天下有所谓西医，因此无论什么，都只

---

[1] 虎神营：清末端郡王载漪创设和率领的皇室卫队。《庚子国变记》中说：“虎神营者，虎食羊而神治鬼，所以诅之也。”

能由轩辕岐伯[1]的嫡派门徒包办。轩辕时候是巫医不分的，所以直到现在，他的门徒就还见鬼，而且觉得“舌乃心之灵苗”。这就是中国人的“命”，连名医也无从医治的。

不肯用灵丹点在舌头上，又想不出“冤愆”来，自然，单吃了一百多天的“败鼓皮丸”有什么用呢？依然打不破水肿，父亲终于躺在床上喘气了。还请一回陈莲河先生，这回是特拔，大洋十元。他仍旧泰然的开了一张方，但已停止败鼓皮丸不用，药引也不很神妙了，所以只消半天，药就煎好，灌下去，却从口角上回了出来。

从此我便不再和陈莲河先生周旋，只在街上有时看见他坐在三名轿夫的快轿里飞一般抬过；听说他现在还康健，一面行医，一面还做中医什么学报，正在和只长于外科的西医奋斗哩。

中西的思想确乎有一点不同。听说中国的孝子们，一到将要“罪孽深重祸延父母”的时候，就买几斤人参，煎汤灌下去，希望父母多喘几天气，即使半天也好。我的一位教医学的先生却教给我医生的职务道：可医的应该给他医治，不可医的应该给他死得没有痛苦。——但这先生自然是西医。

父亲的喘气颇长久，连我也听得很吃力，然而谁也不能帮助他。我有时竟至于电光一闪似的想道：“还是快一点喘完了罢……。”立刻觉得这思想就不该，就是犯了罪；但同时又觉得这思想实在是正当的，我很爱我的父亲。便是现在，也还是这

[1] 轩辕岐伯：指古代名医。轩辕，即黄帝；岐伯，传说中的上古名医。今所传的著名医学古籍《黄帝内经》，是战国秦汉时医家托名黄帝与岐伯所作。

样想。

早晨，住在一门里的衍太太[1]进来了。她是一个精通礼节的妇人，说我们不应该空等着。于是给他换衣服；又将纸锭和一种什么《高王经》烧成灰，用纸包了给他捏在拳头里……。

“叫呀，你父亲要断气了。快叫呀!”衍太太说。

“父亲！父亲!”我就叫起来。

“大声！他听不见。还不快叫?!”

“父亲!!! 父亲!!!”

他已经平静下去的脸，忽然紧张了，将眼微微一睁，仿佛有一些苦痛。

“叫呀！快叫呀!”她催促说。

“父亲!!!”

“什么呢? ……不要嚷。……不……。”他低低地说，又较急地喘着气，好一会，这才复了原状，平静下去了。

“父亲!!!”我还叫他，一直到他咽了气。

我现在还听到那时的自己的这声音，每听到时，就觉得这却是我对于父亲的最大的错处。

十月七日。

[1] 衍太太：鲁迅从叔祖周子传的妻子。

琐　　记

衍太太现在是早经做了祖母，也许竟做了曾祖母了；那时却还年青，只有一个儿子比我大三四岁。她对自己的儿子虽然狠，对别家的孩子却好的，无论闹出什么乱子来，也决不去告诉各人的父母，因此我们就最愿意在她家里或她家的四近玩。

举一个例说罢，冬天，水缸里结了薄冰的时候，我们大清早起一看见，便吃冰。有一回给沈四太太看到了，大声说道：“莫吃呀，要肚子疼的呢!”这声音又给我母亲听到了，跑出来我们都挨了一顿骂，并且有大半天不准玩。我们推论祸首，认定是沈四太太，于是提起她就不用尊称了，给她另外起了一个绰号，叫作“肚子疼”。

衍太太却决不如此。假如她看见我们吃冰，一定和蔼地笑着说，“好，再吃一块。我记着，看谁吃的多。”

但我对于她也有不满足的地方。一回是很早的时候了，我还很小，偶然走进她家去，她正在和她的男人看书。我走近去，她便将书塞在我的眼前道，“你看，你知道这是什么?”我看那书上画着房屋，有两个人光着身子仿佛在打架，但又不很像。正迟疑间，他们便大笑起来了。这使我很不高兴，似乎受了一个极大的侮辱，不到那里去大约有十多天。一回是我已经十多岁了，和几个孩子比赛打旋子，看谁旋得多。她就从旁计着数，说道，“好，八十二个了！再旋一个，八十三！好，八十四！……”但正在旋着的阿祥，忽然跌倒了，阿祥的婶母也恰恰走进来。她便接着说道，“你看，不是跌了么？不听我的话。我叫你不要旋，不要旋……。”

虽然如此，孩子们总还喜欢到她那里去。假如头上碰得肿了一大块的时候，去寻母亲去罢，好的是骂一通，再给擦一点药；坏的是没有药擦，还添几个栗凿和一通骂。衍太太却决不埋怨，立刻给你用烧酒调了水粉，搽在疙瘩上，说这不但止痛，将来还没有瘢痕。

父亲故去之后，我也还常到她家里去，不过已不是和孩子们玩耍了，却是和衍太太或她的男人谈闲天。我其时觉得很有许多东西要买，看的和吃的，只是没有钱。有一天谈到这里，她便说道，“母亲的钱，你拿来用就是了，还不就是你的么？”我说母亲没有钱，她就说可以拿首饰去变卖；我说没有首饰，她却道，“也许你没有留心。到大厨的抽屉里，角角落落去寻去，总可以寻出一点珠子这类东西……。”

这些话我听去似乎很异样，便又不到她那里去了，但有时又真想去打开大厨，细细地寻一寻。大约此后不到一月，就听到一种流言，说我已经偷了家里的东西去变卖了，这实在使我觉得有如掉在冷水里。流言的来源，我是明白的，倘是现在，只要有地方发表，我总要骂出流言家的狐狸尾巴来，但那时太年青，一遇流言，便连自己也仿佛觉得真是犯了罪，怕遇见人们的眼睛，怕受到母亲的爱抚。

好。那么，走罢！

但是，那里去呢？S城人的脸早经看熟，如此而已，连心肝也似乎有些了然。总得寻别一类人们去，去寻为S城人所诟病的人们，无论其为畜生或魔鬼。那时为全城所笑骂的是一个开得不久的学校，叫作中西学堂[1]，汉文之外，又教些洋文和算学。然而已经成为众矢之的了；熟读圣贤书的秀才们，还集了“四书”的句子，做一篇八股来嘲诮它，这名文便即传遍了全城，人人当作有趣的话柄。我只记得那“起讲”的开头是：

> “徐子以告夷子曰：吾闻用夏变夷者，未闻变于夷者也。今也不然：鴃舌之音，闻其声，皆雅言也。……”

以后可忘却了，大概也和现今的国粹保存大家的议论差不多。但我对于这中西学堂，却也不满足，因为那里面只教汉文，算学，英文和法文。功课较为别致的，还有杭州的求是书院[2]，然而学费贵。

无须学费的学校在南京，自然只好往南京去。第一个进去的学校[3]，目下不知道称为什么了，光复[4]以后，似乎有一时称为雷电学堂，很像《封神榜》上“太极阵”“混元阵”一类的名目。总之，一进仪凤门，便可以看见它那二十丈高的桅杆

[1] 中西学堂：全称“绍郡中西学堂”，绍兴人徐树兰于1897年创办的一所私立学校。
[2] 求是书院：创办于1897年，是当时浙江的一所新式高等学校。
[3] 第一个进去的学校：指江南水师学堂。
[4] 光复：指1911年的辛亥革命。

和不知多高的烟通。功课也简单，一星期中，几乎四整天是英文："It is a cat.""Is it a rat?"一整天是读汉文："君子曰，颍考叔可谓纯孝也已矣，爱其母，施及庄公。"一整天是做汉文：《知己知彼百战百胜论》，《颍考叔论》，《云从龙风从虎论》，《咬得菜根则百事可做论》。

初进去当然只能做三班生，卧室里是一桌一凳一床，床板只有两块。头二班学生就不同了，二桌二凳或三凳一床，床板多至三块。不但上讲堂时挟着一堆厚而且大的洋书，气昂昂地走着，决非只有一本"泼赖妈[1]"和四本《左传》的三班生所敢正视；便是空着手，也一定将肘弯撑开，像一只螃蟹，低一班的在后面总不能走出他之前。这一种螃蟹式的名公巨卿，现在都阔别得很久了，前四五年，竟在教育部的破脚躺椅上，发见了这姿势，然而这位老爷却并非雷电学堂出身的，可见螃蟹态度，在中国也颇普遍。

可爱的是桅杆。但并非如"东邻"的"支那通[2]"所说，因为它"挺然翘然"，又是什么的象征。乃是因为它高，乌鸦喜鹊，都只能停在它的半途的木盘上。人如果爬到顶，便可以近看狮子山，远眺莫愁湖，——但究竟是否真可以眺得那么远，我现在可委实有点记不清楚了。而且不危险，下面张着网，即使跌下来，也不过如一条小鱼落在网子里；况且自从张网以后，听说也还没有人曾经跌下来。

---

[1] 泼赖妈：英语 Primer 的音译，即初级读本。

[2] 支那通：支那，古代梵语对中国的译称。支那通，指研究和通晓中国情况的日本人。这里是讽刺安冈秀夫。"支那"原本是一个中性词，后来随着甲午战争中清政府的失败，"支那"一词在日本带上了战胜者对失败者的轻蔑，成为一个带有侮辱性的称呼。

原先还有一个池，给学生学游泳的，这里面却淹死了两个年幼的学生。当我进去时，早填平了，不但填平，上面还造了一所小小的关帝庙。庙旁是一座焚化字纸的砖炉，炉口上方横写着四个大字道："敬惜字纸"。只可惜那两个淹死鬼失了池子，难讨替代，总在左近徘徊，虽然已有"伏魔大帝关圣帝君"镇压着。办学的人大概是好心肠的，所以每年七月十五，总请一群和尚到雨天操场来放焰口，一个红鼻而胖的大和尚戴上毗卢帽，捏诀，念咒："回资啰，普弥耶吽，唵耶吽！唵！耶！吽!!!"

我的前辈同学被关圣帝君镇压了一整年，就只在这时候得到一点好处，——虽然我并不深知是怎样的好处。所以当这些时，我每每想：做学生总得自己小心些。

总觉得不大合适，可是无法形容出这不合适来。现在是发见了大致相近的字眼了，"乌烟瘴气"，庶几乎其可也。只得走开。近来是单是走开也就不容易，"正人君子"者流会说你骂人骂到了聘书，或者是发"名士"脾气[1]，给你几句正经的俏皮话。不过那时还不打紧，学生所得的津贴，第一年不过二两银子，最初三个月的试习期内是零用五百文。于是毫无问题，去考矿路学堂[2]去了，也许是矿路学堂，已经有些记不真，文凭又不在手头，更无从查考。试验并不难，录取的。

这回不是 It is a cat 了，是 Der Mann，Das Weib，Das Kind[3]。汉文仍旧是"颖考叔可谓纯

---

[1] 发"名士"脾气：这是顾颉刚挖苦鲁迅的话。
[2] 矿路学堂：全称江南陆师学堂附设矿务铁路学堂。
[3] Der Mann，Das Weib，Das Kind：这是初级德语读本上的课文，意思是男人，女人，孩子。

孝也已矣”，但外加《小学集注》[1]。论文题目也小有不同，譬如《工欲善其事必先利其器论》，是先前没有做过的。

此外还有所谓格致，地学，金石学，……都非常新鲜。但是还得声明：后两项，就是现在之所谓地质学和矿物学，并非讲舆地和钟鼎碑版[2]的。只是画铁轨横断面图却有些麻烦，平行线尤其讨厌。但第二年的总办是一个新党[3]，他坐在马车上的时候大抵看着《时务报》[4]，考汉文也自己出题目，和教员出的很不同。有一次是《华盛顿论》，汉文教员反而惴惴地来问我们道：“华盛顿是什么东西呀？……”

看新书的风气便流行起来，我也知道了中国有一部书叫《天演论》。星期日跑到城南去买了来，白纸石印的一厚本，价五百文正。翻开一看，是写得很好的字，开首便道：

> “赫胥黎独处一室之中，在英伦之南，背山而面野，槛外诸境，历历如在机下。乃悬想二千年前，当罗马大将恺彻未到时，此间有何景物？计惟有天造草昧……”

哦！原来世界上竟还有一个赫胥黎坐在书房里那么想，而且想得那么新鲜？一口气读下去，“物竞”

▶严复与《天演论》

严复是我国近代非常具有影响力的启蒙思想家、翻译家。《天演论》是严复翻译的英国赫胥黎（T. Huxley，1825—1895）所著《进化论与伦理学》的前半部。严复在译文中对原著有所取舍和改造。书中主张“天道变化，不主故常”“物竞天择，适者生存”，向国人发出“与天争胜、图强保种”的呐喊，对晚清中国社会产生了深远的影响。

[1]《小学集注》：共六卷，宋代朱熹辑，明代陈选注，旧时学塾中所常用的一种初级读物。

[2] 舆地和钟鼎碑版：舆地这里指地理学。钟鼎碑版指古代铜器、石刻；研究这些文物的形制、文字或图画的，叫金石学。

[3] 新党：这里说的是矿务铁路学堂总办俞明震。

[4]《时务报》：梁启超等主编的刊物，是当时宣传变法维新的主要期刊之一。

“天择”也出来了，苏格拉第，柏拉图也出来了，斯多噶[1]也出来了。学堂里又设立了一个阅报处，《时务报》不待言，还有《译学汇编》[2]，那书面上的张廉卿[3]一流的四个字，就蓝得很可爱。

“你这孩子有点不对了，拿这篇文章去看去，抄下来去看去。”一位本家的老辈严肃地对我说，而且递过一张报纸来。接来看时，“臣许应骙[4]跪奏……”，那文章现在是一句也不记得了，总之是参康有为变法的；也不记得可曾抄了没有。

仍然自己不觉得有什么“不对”，一有闲空，就照例地吃侉饼，花生米，辣椒，看《天演论》。

但我们也曾经有过一个很不平安的时期。那是第二年，听说学校就要裁撤了。这也无怪，这学堂的设立，原是因为两江总督（大约是刘坤一[5]罢）听到青龙山的煤矿出息好，所以开手的。待到开学时，煤矿那面却已将原先的技师辞退，换了一个不甚了然的人了。理由是：一、先前的技师薪水太贵；二、他们觉得开煤矿并不难。于是不到一年，就连煤在那里也不甚了然起来，终于是所得的煤，只能供烧那两架抽水机之用，就是抽了水掘煤，掘出煤来抽水，结一笔出入两清的账。既然开矿无利，矿路学堂自然也就无须乎开了，但是不知怎的，却又并不裁撤。到第三年我们下矿洞去看的时

[1] 斯多噶：指斯多噶派，约公元前4世纪产生于古希腊，一直存在到公元2世纪的一个哲学派别，学派的代表著作有《沉思录》。

[2] 《译学汇编》：当为《译书汇编》，1900年在日本创办的月刊，是我国留日学生最早出版的一种杂志，后改名《政治学报》。

[3] 张廉卿：1823—1894，名裕钊，廉卿是其字，湖北武昌人，清代古文家、书法家。

[4] 许应骙：？—1903，广东番禺人，曾在清光绪年间担任礼部尚书，强烈反对维新运动。

[5] 刘坤一：1830—1902，湖南新宁人，曾在清朝数次担任两江总督，是当时倾向维新的官僚。

候，情形实在颇凄凉，抽水机当然还在转动，矿洞里积水却有半尺深，上面也点滴而下，几个矿工便在这里面鬼一般工作着。

毕业，自然大家都盼望的，但一到毕业，却又有些爽然若失。爬了几次桅，不消说不配做半个水兵；听了几年讲，下了几回矿洞，就能掘出金银铜铁锡来么？实在连自己也茫无把握，没有做《工欲善其事必先利其器论》的那么容易。爬上天空二十丈和钻下地面二十丈，结果还是一无所能，学问是“上穷碧落下黄泉，两处茫茫皆不见”了。所余的还只有一条路：到外国去。

留学的事，官僚也许可了，派定五名到日本去。其中的一个因为祖母哭得死去活来，不去了，只剩了四个。日本是同中国很两样的，我们应该如何准备呢？有一个前辈同学在，比我们早一年毕业，曾经游历过日本，应该知道些情形。跑去请教之后，他郑重地说：

“日本的袜是万不能穿的，要多带些中国袜。我看纸票也不好，你们带去的钱不如都换了他们的现银。”

四个人都说遵命。别人不知其详，我是将钱都在上海换了日本的银元，还带了十双中国袜——白袜。

后来呢？后来，要穿制服和皮鞋，中国袜完全无用；一元的银圆日本早已废置不用了，又赔钱换了半元的银圆和纸票。

十月八日。

藤野先生

▶鲁迅最敬重的老师

藤野先生，原名藤野严九郎，日本福井县人，1901年起任仙台医学专门学校讲师，1915年离职回乡自设诊所，1945年病逝。藤野先生与鲁迅之间有着深厚的师生情谊。

东京也无非是这样。上野的樱花烂熳的时节，望去确也像绯红的轻云，但花下也缺不了成群结队的“清国留学生”的速成班，头顶上盘着大辫子，顶得学生制帽的顶上高高耸起，形成一座富士山。也有解散辫子，盘得平的，除下帽来，油光可鉴，宛如小姑娘的发髻一般，还要将脖子扭几扭。实在标致极了。

中国留学生会馆的门房里有几本书买，有时还值得去一转；倘在上午，里面的几间洋房里倒也还可以坐坐的。但到傍晚，有一间的地板便常不免要咚咚咚地响得震天，兼以满房烟尘斗乱；问问精通时事的人，答道，“那是在学跳舞。”

到别的地方去看看，如何呢？

我就往仙台的医学专门学校去。从东京出发，不久便到一处驿站，写道：日暮里。不知怎地，我到现在还记得这名目。其次却只记得水户了，这是明的遗民朱舜水先生客死的地方。仙台是一个市镇，并不大；冬天冷得利害；还没有中国的学生。

大概是物以希为贵罢。北京的白菜运往浙江，便用红头绳系住菜根，倒挂在水果店头，尊为“胶菜”；福建野生着的芦荟，一到北京就请进温室，且美其名曰“龙舌兰”。我到仙台也颇受了这样的优待，不但学校不收学费，几个职员还为我的食宿操心。我先是住在监狱旁边一个客店里的，初冬已经颇冷，蚊子却还多，后来用被盖了全身，用衣服包了头脸，只留两个鼻孔出气。在这呼吸不息的地方，蚊子竟无从插嘴，居然睡安稳了。饭食也不坏。但一位先生却以为这客店也包办囚人的饭食，我住在那里不相宜，几次三番，几次三番地说。我虽然觉得客店兼办囚人的饭食和我不相干，然而好意难却，也只得别寻相宜的住处了。于是搬到别一家，离监狱也很远，可惜每天总要喝难以下咽的芋梗汤。

从此就看见许多陌生的先生，听到许多新鲜的讲义。解剖学是两个教授分任的。最初是骨学。其时进来的是一个黑瘦的先生，八字须，戴着眼镜，挟着一叠大大小小的书。一将书放在讲台上，便用了缓慢而很有顿挫的声调，向学生介绍自己道：

“我就是叫作藤野严九郎的……。”

后面有几个人笑起来了。他接着便讲述解剖学在日本发达的历史，那些大大小小的书，便是从最初到现今关于这一门学问的著作。起初有几本是线装的；还有翻刻中国译本的，他们的翻译和研究新的医学，并不比中国早。

那坐在后面发笑的是上学年不及格的留级学生，在校已经一年，掌故颇为熟悉的了。他们便给新生讲演每个教授的历史。这藤野先生，据说是穿衣服太模胡了，有时竟会忘记带领结；冬天是一件旧外套，寒颤颤的，有一回上火车去，致使管车的疑心他是扒手，叫车里的客人大家小心些。

他们的话大概是真的，我就亲见他有一次上讲堂没有带领结。

过了一星期，大约是星期六，他使助手来叫我了。到得研究室，见他坐在人骨和许多单独的头骨中间，——他其时正在研究着头骨，后来有一篇论文在本校的杂志上发表出来。

“我的讲义，你能抄下来么?”他问。

“可以抄一点。”

“拿来我看!”

我交出所抄的讲义去，他收下了，第二三天便还我，并且说，此后每一星期要送给他看一回。我拿下来打开看时，很吃了一惊，同时也感到一种不安和感激。原来我的讲义已经从头到末，都用红笔添改过了，不但增加了许多脱漏的地方，连文法的错误，也都一一订正。这样一直继续到教完了他所担任的功课：骨学，血管学，神经学。

可惜我那时太不用功，有时也很任性。还记得有一回藤野先生将我叫到他的研究室里去，翻出我那讲义上的一个图来，是下臂的血管，指着，向我和蔼的说道：

“你看，你将这条血管移了一点位置了。——自然，这样一移，的确比较的好看些，然而解剖图不是美术，实物是那么样的，我们没法改换它。现在我给你改好了，以后你要全照着黑板上那样的画。”

但是我还不服气，口头答应着，心里却想道：

“图还是我画的不错；至于实在的情形，我心里自然记得的。”

学年试验完毕之后，我便到东京玩了一夏天，秋初再回学校，成绩早已发表了，同学一百余人之中，我在中间，不过是没有落第。这回藤野先生所担任的功课，是解剖实习和局部解剖学。

解剖实习了大概一星期，他又叫我去了，很高兴地，仍用了极有抑扬的声调对我说道：

“我因为听说中国人是很敬重鬼的，所以很担心，怕你不肯解剖尸体。现在总算放心了，没有这回事。”

但他也偶有使我很为难的时候。他听说中国的女人是裹脚的，但不知道详细，所以要问我怎么裹法，足骨变成怎样的畸形，还叹息道，“总要看一看才知道。究竟是怎么一回事呢?”

有一天，本级的学生会干事到我寓里来了，要借我的讲义看。我检出来交给他们，却只翻检了一通，并没有带走。但他们一走，邮差就送到一封很厚的信，拆开看时，第一句是：

“你改悔罢!”

这是《新约》[1] 上的句子罢，但经托尔斯泰新近引用过的。其时正值日俄战争[2]，托老先生便写了一封给俄国和日本的皇帝的信，开首便是这一句。日本报纸上很斥责他的不逊，爱国青年也愤然，然而暗地里却早受了他的影响了。其次的话，大略是说上年解剖学试验的题目，是藤野先生在讲义上做了记号，我预先知道的，所以能有这样的成绩。末尾是匿名。

我这才回忆到前几天的一件事。因为要开同级会，干事便在黑板上写广告，末一句是“请全数到

---

[1] 《新约》：《新约全书》的简称，记载耶稣和他的门徒的言行。

[2] 日俄战争：1904 年 2 月—1905 年 9 月，日俄两国为争夺中国东北和朝鲜而进行的战争，最终日本战胜。战争主要在我国境内进行，给我国人民带来了巨大的灾难。

会勿漏为要”，而且在“漏”字旁边加了一个圈。我当时虽然觉到圈得可笑，但是毫不介意，这回才悟出那字也在讥刺我了，犹言我得了教员漏泄出来的题目。

我便将这事告知了藤野先生；有几个和我熟识的同学也很不平，一同去诘责干事托辞检查的无礼，并且要求他们将检查的结果，发表出来。终于这流言消灭了，干事却又竭力运动，要收回那一封匿名信去。结末是我便将这托尔斯泰式的信退还了他们。

中国是弱国，所以中国人当然是低能儿，分数在六十分以上，便不是自己的能力了：也无怪他们疑惑。但我接着便有参观枪毙中国人的命运了。第二年添教霉菌学，细菌的形状是全用电影来显示的，一段落已完而还没有到下课的时候，便影几片时事的片子，自然都是日本战胜俄国的情形。但偏有中国人夹在里边：给俄国人做侦探，被日本军捕获，要枪毙了，围着看的也是一群中国人；在讲堂里的还有一个我。

“万岁！”他们都拍掌欢呼起来。

这种欢呼，是每看一片都有的，但在我，这一声却特别听得刺耳。此后回到中国来，我看见那些闲看枪毙犯人的人们，他们也何尝不酒醉似的喝采，——呜呼，无法可想！但在那时那地，我的意见却变化了。

到第二学年的终结，我便去寻藤野先生，告诉他我将不学医学，并且离开这仙台。他的脸色仿佛有些悲哀，似乎想说话，但竟没有说。

“我想去学生物学，先生教给我的学问，也还有用的。”其实我并没有决意要学生物学，因为看得他有些凄然，便说了一个慰安他的谎话。

“为医学而教的解剖学之类，怕于生物学也没有什么大帮助。”他叹息说。

将走的前几天，他叫我到他家里去，交给我一张照相，后面写着两个字道：“惜别”，还说希望将我的也送他。但我这时适值没有照相了；他便叮嘱我将来照了寄给他，并且时时通信告诉他此后的状况。

我离开仙台之后，就多年没有照过相，又因为状况也无聊，说起来无非使他失望，便连信也怕敢写了。经过的年月一多，话更无从说起，所以虽然有时想写信，却又难以下笔，这样的一直到现在，竟没有寄过一封信和一张照片。从他那一面看起来，是一去之后，杳无消息了。

但不知怎地，我总还时时记起他，在我所认为我师的之中，他是最使我感激，给我鼓励的一个。有时我常常想：他的对于我的热心的希望，不倦的教诲，小而言之，是为中国，就是希望中国有新的医学；大而言之，是为学术，就是希望新的医学传到中国去。他的性格，在我的眼里和心里是伟大的，虽然他的姓名并不为许多人所知道。

他所改正的讲义，我曾经订成三厚本，收藏着的，将作为永久的纪念。不幸七年前迁居的时候，中途毁坏了一口书箱，失去半箱书，恰巧这讲义也遗失在内了。责成运送局去找寻，寂无回信。只有他的照相至今还挂在我北京寓居的东墙上，书桌对面。每当夜间疲倦，正想偷懒时，仰面在灯光中瞥见他黑瘦的面貌，似乎正要说出抑扬顿挫的话来，便使我忽又良心发现，而且增加勇气了，于是点上一枝烟，再继续写些为“正人君子”之流所深恶痛疾的文字。

十月十二日。

范　爱　农[1]

在东京的客店里，我们大抵一起来就看报。学生所看的多是《朝日新闻》和《读卖新闻》，专爱打听社会上琐事的就看《二六新闻》。一天早晨，辟头就看见一条从中国来的电报，大概是：

“安徽巡抚恩铭被 Jo Shiki Rin 刺杀，刺客就擒。”

大家一怔之后，便容光焕发地互相告语，并且研究这刺客是谁，汉字是怎样三个字。但只要是绍兴人，又不专看教科书的，却早已明白了。这是徐锡麟，他留学回国之后，在做安徽候补道[2]，办着巡警事物，正合于刺杀巡抚的地位。

大家接着就预测他将被极刑，家族将被连累。不久，秋瑾姑娘在绍兴被杀的消息也传来了，徐锡麟是被挖了心，给恩铭的亲兵炒食净尽。人心很愤怒。有几个人便秘密地开一个会，筹集川资；这时用得着日本浪人[3]了，撕乌贼鱼下酒，慷慨一通之后，他便登程去接徐伯荪的家属去。

▶徐锡麟、秋瑾

徐锡麟和秋瑾同为浙江绍兴人，赴日本留学期间先后加入光复会、同盟会。1907 年两人共同发起浙皖起义，徐锡麟成功刺杀安徽巡抚恩铭，后被捕就义。秋瑾亦被清政府逮捕杀害。

鲁迅的小说《药》中的主人公夏瑜就暗喻秋瑾。

徐锡麟　　秋瑾

[1] 范爱农：1883—1912，名肇基，字斯年，号爱农。1912 年与友人游湖时溺亡。

[2] 候补道：候补道员。道员是清代官名，分总管省以下、府州以上一个行政区域职务的道员和专管一省特定职务的道员。清代官制规定，通过科举或捐纳等途径都可以取得道员官衔，但不一定有实际职务；没有实际职务的道员，经由吏部分发到某部或某省等待，就是候补道员。

[3] 日本浪人：指日本幕府时代失去禄位、四处流浪的武士。他们无固定职业，到处流浪，具有疯狂和冒险的特质，在日本帝国主义侵略中国时，充当了急先锋的角色。

照例还有一个同乡会，吊烈士，骂满洲；此后便有人主张打电报到北京，痛斥满政府的无人道。会众即刻分成两派：一派要发电，一派不要发。我是主张发电的，但当我说出之后，即有一种钝滞的声音跟着起来：

“杀的杀掉了，死的死掉了，还发什么屁电报呢。”

这是一个高大身材，长头发，眼球白多黑少的人，看人总像在渺视。他蹲在席子上，我发言大抵就反对；我早觉得奇怪，注意着他的了，到这时才打听别人：说这话的是谁呢，有那么冷？认识的人告诉我说：他叫范爱农，是徐伯荪的学生。

我非常愤怒了，觉得他简直不是人，自己的先生被杀了，连打一个电报还害怕，于是便坚执地主张要发电，同他争起来。结果是主张发电的居多数，他屈服了。其次要推出人来拟电稿。

“何必推举呢？自然是主张发电的人啰～～。”他说。

我觉得他的话又在针对我，无理倒也并非无理的。但我便主张这一篇悲壮的文章必须深知烈士生平的人做，因为他比别人关系更密切，心里更悲愤，做出来就一定更动人。于是又争起来。结果是他不做，我也不做，不知谁承认做去了；其次是大家走散，只留下一个拟稿的和一两个干事，等候做好之后去拍发。

从此我总觉得这范爱农离奇，而且很可恶。天下可恶的人，当初以为是满人，这时才知道还在其次；第一倒是范爱农。中国不革命则已，要革命，首先就必须将范爱农除去。

然而这意见后来似乎逐渐淡薄，到底忘却了，我们从此也没有再见面。直到革命的前一年，我在故乡做教员，大概是春末时候罢，忽然在熟人的客座上看见了一个人，互相熟视了不过两三秒钟，我们便同时说：

"哦哦，你是范爱农！"

"哦哦，你是鲁迅！"

不知怎地我们便都笑了起来，是互相的嘲笑和悲哀。他眼睛还是那样，然而奇怪，只这几年，头上却有了白发了，但也许本来就有，我先前没有留心到。他穿着很旧的布马褂，破布鞋，显得很寒素。谈起自己的经历来，他说他后来没有了学费，不能再留学，便回来了。回到故乡之后，又受着轻蔑，排斥，迫害，几乎无地可容。现在是躲在乡下，教着几个小学生糊口。但因为有时觉得很气闷，所以也趁了航船进城来。

他又告诉我现在爱喝酒，于是我们便喝酒。从此他每一进城，必定来访我，非常相熟了。我们醉后常谈些愚不可及的疯话，连母亲偶然听到了也发笑。一天我忽而记起在东京开同乡会时的旧事，便问他：

"那一天你专门反对我，而且故意似的，究竟是什么缘故呢？"

"你还不知道？我一向就讨厌你的，——不但我，我们。"

"你那时之前，早知道我是谁么？"

"怎么不知道。我们到横滨，来接的不就是子英[1]和你么？你看不起我们，摇摇头，你自己还记得么？”

我略略一想，记得的，虽然是七八年前的事。那时是子英来约我的，说到横滨去接新来留学的同乡。汽船一到，看见一大堆，大概一共有十多人，一上岸便将行李放到税关上去候查检，关吏在衣箱中翻来翻去，忽然翻出一双绣花的弓鞋来，便放下公事，拿着子细地看。我很不满，心里想，这些鸟男人，怎么带这东西来呢。自己不注意，那时也许就摇了摇头。检验完毕，在客店小坐之后，即须上火车。不料这一群读书人又在客车上让起坐位来了，甲要乙坐在这位上，乙要丙去坐，揖让未终，火车已开，车身一摇，即刻跌倒了三四个。我那时也很不满，暗地里想：连火车上的坐位，他们也要分出尊卑来……。自己不注意，也许又摇了摇头。然而那群雍容揖让的人物中就有范爱农，却直到这一天才想到。岂但他呢，说起来也惭愧，这一群里，还有后来在安徽战死的陈伯平[2]烈士，被害的马宗汉[3]烈士；被囚在黑狱里，到革命后才见天日而身上永带着匪刑的伤痕的也还有一两人。而我都茫无所知，摇着头将他们一并运上东京了。徐伯荪虽然和他们同船来，却不在这车上，因为他在神户就和他的夫人坐车走了陆路了。

我想我那时摇头大约有两回，他们看见的不知

---

[1] 子英：姓陈名濬（1882—1950），浙江绍兴人。

[2] 陈伯平：1885—1907，原名渊，字墨峰，自号“光复子”，浙江绍兴人。1907 年参加徐锡麟的起义活动，起事时在军械局的战斗中阵亡。

[3] 马宗汉：1884—1907，名纯昌，字子畦，浙江余姚人。1907 年参加徐锡麟的起义活动，弹尽被捕，备受酷刑后于 8 月 24 日就义。

道是那一回。让坐时喧闹，检查时幽静，一定是在税关上的那一回了，试问爱农，果然是的。

“我真不懂你们带这东西做什么？是谁的？”

“还不是我们师母的？”他瞪着他多白的眼。

“到东京就要假装大脚，又何必带这东西呢？”

“谁知道呢？你问她去。”

到冬初，我们的景况更拮据了，然而还喝酒，讲笑话。忽然是武昌起义[1]，接着是绍兴光复[2]。第二天爱农就上城来，戴着农夫常用的毡帽，那笑容是从来没有见过的。

“老迅，我们今天不喝酒了。我要去看看光复的绍兴。我们同去。”

我们便到街上去走了一通，满眼是白旗。然而貌虽如此，内骨子是依旧的，因为还是几个旧乡绅所组织的军政府，什么铁路股东是行政司长，钱店掌柜是军械司长……。这军政府也到底不长久，几个少年一嚷，王金发[3]带兵从杭州进来了，但即使不嚷或者也会来。他进来以后，也就被许多闲汉和新进的革命党所包围，大做王都督。在衙门里的人物，穿布衣来的，不上十天也大概换上皮袍子了，天气还并不冷。

我被摆在师范学校校长的饭碗旁边，王都督给了我校款二百元。爱农做监学，还是那件布袍子，

---

[1] 武昌起义：又称辛亥革命。1911 年 10 月 10 日，在武昌由同盟会等领导的推翻清王朝的武装起义。

[2] 绍兴光复：据《中国革命记》第三册（1911 年上海自由社编印）记载：辛亥九月十四日（1911 年 11 月 4 日）“绍兴府闻杭州为民军占领，即日宣布光复”。

[3] 王金发：1883—1915，名逸，字季高，浙江嵊县人，浙东洪门会党平阳党的首领，后加入光复会。1911 年 11 月 10 日，他率领光复军进入绍兴，成立绍兴军政分府，自任都督。1915 年 7 月 13 日，被浙江督军朱瑞杀害于杭州。

但不大喝酒了，也很少有工夫谈闲天。他办事，兼教书，实在勤快得可以。

“情形还是不行，王金发他们。”一个去年听过我的讲义的少年来访问我，慷慨地说，“我们要办一种报来监督他们。不过发起人要借用先生的名字。还有一个是子英先生，一个是德清[1]先生。为社会，我们知道你决不推却的。”

我答应他了。两天后便看见出报的传单，发起人诚然是三个。五天后便见报，开首便骂军政府和那里面的人员；此后是骂都督，都督的亲戚，同乡，姨太太……。

这样地骂了十多天，就有一种消息传到我的家里来，说都督因为你们诈取了他的钱，还骂他，要派人用手枪来打死你们了。

别人倒还不打紧，第一个着急的是我的母亲，叮嘱我不要再出去。但我还是照常走，并且说明，王金发是不来打死我们的，他虽然绿林大学[2]出身，而杀人却不很轻易。况且我拿的是校款，这一点他还能明白的，不过说说罢了。

果然没有来杀。写信去要经费，又取了二百元。但仿佛有些怒意，同时传令道：再来要，没有了！

不过爱农得到了一种新消息，却使我很为难。原来所谓“诈取”者，并非指学校经费而言，是指另有送给报馆的一笔款。报纸上骂了几天之后，王金发便叫人送去了五百元。于是乎我们的少年们便

---

[1] 德清：指孙德卿（1868—1932），浙江绍兴人。

[2] 绿林大学：西汉末年王匡、王凤等率领农民在绿林山（今湖北当阳东北）起义，号“绿林兵”。后来用“绿林”泛指聚众山林反抗官府或抢劫财物的人们。

开起会议来，第一个问题是：收不收？决议曰：收。第二个问题是：收了之后骂不骂？决议曰：骂。理由是：收钱之后，他是股东；股东不好，自然要骂。

我即刻到报馆去问这事的真假。都是真的。略说了几句不该收他钱的话，一个名为会计的便不高兴了，质问我道：

“报馆为什么不收股本？”

“这不是股本……。”

“不是股本是什么？”

我就不再说下去了，这一点世故是早已知道的，倘我再说出连累我们的话来，他就会面斥我太爱惜不值钱的生命，不肯为社会牺牲，或者明天在报上就可以看见我怎样怕死发抖的记载。

然而事情很凑巧，季茀[1]写信来催我往南京了。爱农也很赞成，但颇凄凉，说：

“这里又是那样，住不得。你快去罢……。”

我懂得他无声的话，决计往南京。先到都督府去辞职，自然照准，派来了一个拖鼻涕的接收员，我交出账目和余款一角又两铜元，不是校长了。后任是孔教会[2]会长傅力臣。

报馆案[3]是我到南京后两三个星期了结的，被一群兵们捣毁。子英在乡下，没有事；德清适值在城里，大腿上被刺了一尖刀。他大怒了。自然，

[1] 季茀：许寿裳（1883—1948），浙江绍兴人，教育家，与鲁迅交谊甚笃。著有《我所认识的鲁迅》《亡友鲁迅印象记》等。

[2] 孔教会：1912 年 10 月在上海成立的一个为袁世凯窃国复辟服务的尊孔派组织，次年迁北京。

[3] 报馆案：指 1912 年 8 月 1 日王金发所部士兵以《越铎日报》失实为由，突然闯入报社实施血腥破坏。鲁迅实际已于 5 月离开南京迁往北京，文中所说“是我到南京后两三个星期了结的”，系鲁迅记忆有误。

这是很有些痛的，怪他不得。他大怒之后，脱下衣服，照了一张照片，以显示一寸来宽的刀伤，并且做一篇文章叙述情形，向各处分送，宣传军政府的横暴。我想，这种照片现在是大约未必还有人收藏着了，尺寸太小，刀伤缩小到几乎等于无，如果不加说明，看见的人一定以为是带些疯气的风流人物的裸体照片，倘遇见孙传芳[1]大帅，还怕要被禁止的。

我从南京移到北京的时候，爱农的学监也被孔教会会长的校长设法去掉了。他又成了革命前的爱农。我想为他在北京寻一点小事做，这是他非常希望的，然而没有机会。他后来便到一个熟人的家里去寄食，也时时给我信，景况愈困穷，言辞也愈凄苦。终于又非走出这熟人的家不可，便在各处飘浮。不久，忽然从同乡那里得到一个消息，说他已经掉在水里，淹死了。

我疑心他是自杀。因为他是浮水的好手，不容易淹死的。

夜间独坐在会馆里，十分悲凉，又疑心这消息并不确，但无端又觉得这是极其可靠的，虽然并无证据。一点法子都没有，只做了四首诗，后来曾在一种日报上发表，现在是将要忘记完了。只记得一首里的六句，起首四句是："把酒论天下，先生小酒人，大圜犹酩酊，微醉合沉沦。"中间忘掉两句，末了是"旧朋云散尽，余亦等轻尘。"

后来我回故乡去，才知道一些较为详细的事。

[1] 孙传芳：1885—1935，北洋政府时期直系军阀领袖之一，盘踞江南，统辖浙、闽、苏、皖、赣五省，任五省联军总司令。

爱农先是什么事也没得做，因为大家讨厌他。他很困难，但还喝酒，是朋友请他的。他已经很少和人们来往，常见的只剩下几个后来认识的较为年青的人了，然而他们似乎也不愿意多听他的牢骚，以为不如讲笑话有趣。

“也许明天就收到一个电报，拆开来一看，是鲁迅来叫我的。”他时常这样说。

一天，几个新的朋友约他坐船去看戏，回来已过夜半，又是大风雨，他醉着，却偏要到船舷上去小解。大家劝阻他，也不听，自己说是不会掉下去的。但他掉下去了，虽然能浮水，却从此不起来。

第二天打捞尸体，是在菱荡里找到的，直立着。

我至今不明白他究竟是失足还是自杀。

他死后一无所有，遗下一个幼女和他的夫人。有几个人想集一点钱作他女孩将来的学费的基金，因为一经提议，即有族人来争这笔款的保管权，——其实还没有这笔款，——大家觉得无聊，便无形消散了。

现在不知他唯一的女儿景况如何？倘在上学，中学已该毕业了罢。

十一月十八日。

后　记

我在第三篇讲《二十四孝》的开头，说北京恐吓小孩的“马虎子”应作“麻胡子”，是指麻叔谋，而且以他为胡人。现在知道是错了，“胡”应作“祜”，是叔谋之名，见唐人李济翁[1]做的《资暇集》卷下，题云《非麻胡》。原文如次：

> “俗怖婴儿曰：麻胡来！不知其源者，以为多髯之神而验刺者，非也。隋将军麻祜，性酷虐，炀帝令开汴河，威棱既盛，至稚童望风而畏，互相恐吓曰：麻祜来！稚童语不正，转祜为胡。只如宪宗朝泾将郝玼[2]，蕃中皆畏惮，其国婴儿啼者，以玼怖之则止。又，武宗朝，闾阎孩孺相胁云：薛尹[3]来！咸类此也。况《魏志》载张文远辽[4]来之明证乎?”（原注：麻祜庙在睢阳。鄜方节度李丕即其后。丕为重建碑。）

[1] 李济翁：名匡文，字济翁，唐朝人，所著《资暇集》是一部考证古物、记述史事的书。

[2] 郝玼：《旧唐书》作郝玭，唐贞元、元和年间，担任临泾（今甘肃镇元县之南）镇将，后升为刺史。他威镇吐蕃，据说还被用来恐吓哭闹的婴儿。

[3] 薛尹：指薛元赏，唐武宗会昌年间曾任京兆尹。

[4] 张文远辽：张辽（169—222），字文远，曹操部将。

原来我的识见，就正和唐朝的“不知其源者”相同，贻讥于千载之前，真是咎有应得，只好苦笑。但又不知麻祜庙碑或碑文，现今尚在睢阳或存于方志中否？倘在，我们当可以看见和小说《开河记》所载相反的他的功业。

因为想寻几张插画，常维钧[1]兄给我在北京搜集了许多材料，有几种是为我所未曾见过的。如光绪己卯（1879）肃州胡文炳作的《二百卌孝图》——原书有注云：“卌读如习。”我真不解他何以不直称四十，而必须如此麻烦——即其一。我所反对的“郭巨埋儿”，他于我还未出世的前几年，已经删去了。序有云：

> “……坊间所刻《二十四孝》，善矣。然其中郭巨埋儿一事，揆之天理人情，殊不可以训。……炳窃不自量，妄为编辑。凡矫枉过正而刻意求名者，概从割爱；惟择其事之不诡于正，而人人可为者，类为六门。……”

这位肃州胡老先生的勇决，委实令我佩服了。但这种意见，恐怕是怀抱者不乏其人，而且由来已久的，不过大抵不敢毅然删改，笔之于书。如同治十一年（1872）刻的《百孝图》[2]，前有纪常郑绩序，就说：

---

[1] 常维钧：1894—1985，名惠，河北宛平（今北京丰台区）人。北京大学法文系毕业，曾任北京大学《歌谣》周刊编辑。

[2]《百孝图》：指《百孝图说》，由清代俞葆真编辑，俞泰绘图而成。

"……况迩来世风日下，沿习浇漓，不知孝出天性自然，反以孝作另成一事。且择古人投炉[1]埋儿为忍心害理，指割股抽肠为损亲遗体。殊未审孝只在乎心，不在乎迹。尽孝无定形，行孝无定事。古之孝者非在今所宜，今之孝者难泥古之事。因此时此地不同，而其人其事各异，求其所以尽孝之心则一也。子夏曰：事父母能竭其力。故孔门问孝，所答何尝有同然乎？……"

则同治年间就有人以埋儿等事为"忍心害理"，灼然可知。至于这一位"纪常郑绩"先生的意思，我却还是不大懂，或者像是说：这些事现在可以不必学，但也不必说他错。

这部《百孝图》的起源有点特别，是因为见了"粤东颜子"的《百美新咏》[2]而作的。人重色而己重孝，卫道之盛心可谓至矣。虽然是"会稽俞葆真兰浦编辑"，与不佞有同乡之谊，——但我还只得老实说：不大高明。例如木兰从军的出典，他注云："隋史"。这样名目的书，现今是没有的；倘是《隋书》，那里面又没有木兰从军的事。

而中华民国九年（1920），上海的书店却偏偏将它用石印翻印了，书名的前后各添了两个字：《男女百孝图全传》。第一叶上还有一行小字道：家庭教育的好模范。又加了一篇"吴下大错王鼎谨识"的序，开首先发同治年间"纪常郑绩"先生一

[1] 投炉：指的是三国时期吴国李娥的故事。相传李娥的父亲是东吴的铁官，负责打造兵器，有一次怎么都炼不出铁水，十五岁的李娥为使父亲不被处死，投身于炉中，融化自己引出铁水。
[2]《百美新咏》：清代乾隆年间由广东人颜希源编著的诗画集。

流的感慨：

> “慨自欧化东渐，海内承学之士，嚣嚣然侈谈自由平等之说，致道德日就沦胥，人心日益浇漓，寡廉鲜耻，无所不为，侥幸行险，人思幸进，求所谓砥砺廉隅，束身自爱者，世不多睹焉。……起观斯世之忍心害理，几全如陈叔宝[1]之无心肝。长此滔滔，伊何底止？……”

其实陈叔宝模胡到好像“全无心肝”，或者有之，若拉他来配“忍心害理”，却未免有些冤枉。这是有几个人以评“郭巨埋儿”和“李娥投炉”的事的。

至于人心，有几点确也似乎正在浇漓[2]起来。自从《男女之秘密》，《男女交合新论》出现后，上海就很有些书名喜欢用“男女”二字冠首。现在是连“以正人心而厚风俗”的《百孝图》上也加上了。这大概为因不满于《百美新咏》而教孝的“会稽俞葆真兰浦”先生所不及料的罢。

从说“百行之先”的孝而忽然拉到“男女”上去，仿佛也近乎不庄重，——浇漓。但我总还想趁便说几句，——自然竭力来减省。

我们中国人即使对于“百行之先”，我敢说，也未必就不想到男女上去的。太平无事，闲人很多，偶有“杀身成仁舍生取义”的，本人也许忙得不暇检点，而活着的旁观者总会加以绵密的研究。

---

[1] 陈叔宝：553—604，南朝时的陈后主。
[2] 浇漓：意思是浮薄不厚，多用于指社会风气浮薄；文风浮艳不实；酒味淡薄，亦借指薄酒。

曹娥的投江觅父，淹死后抱父尸出，是载在正史，很有许多人知道的。但这一个“抱”字却发生过问题。

我幼小时候，在故乡曾经听到老年人这样讲：

> “……死了的曹娥，和她父亲的尸体，最初是面对面抱着浮上来的。然而过往行人看见的都发笑了，说：哈哈！这么一个年青姑娘抱着这么一个老头子！于是那两个死尸又沉下去了；停了一刻又浮起来，这回是背对背的负着。”

好！在礼义之邦里，连一个年幼——呜呼，“娥年十四”而已——的死孝女要和死父亲一同浮出，也有这么艰难！

我检查《百孝图》和《二百卅孝图》，画师都很聪明，所画的是曹娥还未跳入江中，只在江干啼哭。但吴友如画的《女二十四孝图》（1892）却正是两尸一同浮出的这一幕，而且也正画作“背对背”，如第一图的上方。我想，他大约也知道我所听到的那故事的。还有《后二十四孝图说》，也是吴友如画，也有曹娥，则画作正在投江的情状，如第一图下。

就我现今所见的教孝的图说而言，古今颇有许多遇盗，遇虎，遇火，遇风的孝子，那应付的方法，十之九是“哭”和“拜”。

中国的哭和拜，什么时候才完呢？

至于画法，我以为最简古的倒要算日本的小田海僊本，这本子早已印入《点石斋丛画》里，变成国货，很容易入手的了。吴友如画的最细巧，也最能引动人。但他于历史画其实是不大相宜的；他久居上海的租界里，耳濡目染，最擅长的倒在作“恶鸨虐妓”，“流氓拆梢[1]”一类的时事画，那真是勃勃有生气，令人在纸上看出上海的洋场来。但影响殊不佳，近来许多小说和儿童读物的插画中，往往将一切女性画成妓女样，一切孩童都画得像一个小流氓，大半就因为太看了他的画本的缘故。

第一图

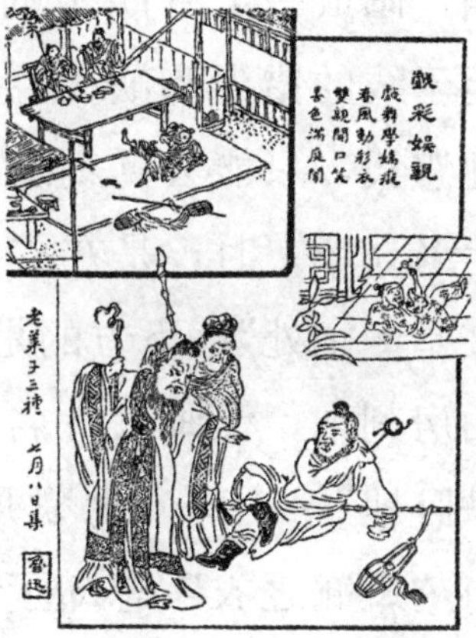

第二图

而孝子的事迹也比较地更难画，因为总是惨苦的多。譬如“郭巨埋儿”，无论如何总难以画到引得孩子眉飞色舞，自愿躺到坑里去。还有“尝粪心忧[2]”，也不容易引人入胜。还有老莱子的“戏彩娱亲”，题诗上虽说“喜色满庭帏”，而图画上却绝

[1] 拆梢：上海方言，指流氓敲诈钱财的行为。
[2] 尝粪心忧：“二十四孝”之一，梁代庾黔娄的故事。庾黔娄父亲生病，他通过尝父亲的粪便以探寻父亲病情的轻重。

少有有趣的家庭的气息。

我现在选取了三种不同的标本，合成第二图。上方的是《百孝图》中的一部分，“陈村何云梯”画的，画的是“取水上堂诈跌卧地作婴儿啼”这一段。也带出“双亲开口笑”来。中间的一小块是我从“直北李锡彤”画的《二十四孝图诗合刊》上描下来的，画的是“著五色斑斓之衣为婴儿戏于亲侧”这一段；手里捏着“摇咕咚”，就是“婴儿戏”这三个字的点题。但大约李先生觉得一个高大的老头子玩这样的把戏究竟不像样，将他的身子竭力收缩，画成一个有胡子的小孩子了。然而仍然无趣。至于线的错误和缺少，那是不能怪作者的，也不能埋怨我，只能去骂刻工。查这刻工当前清同治十二年（1873）时，是在“山东省布政司街南首路西鸿文堂刻字处”。下方的是“民国壬戌”（1922）慎独山房刻本，无画人姓名，但是双料画法，一面“诈跌卧地”，一面“为婴儿戏”，将两件事合起来，而将“斑斓之衣”忘却了。吴友如画的一本，也合两事为一，也忘了斑斓之衣，只是老莱子比较的胖一些，且绾着双丫髻，——不过还是无趣味。

人说，讽刺和冷嘲只隔一张纸，我以为有趣和肉麻也一样。孩子对父母撒娇可以看得有趣，若是成人，便未免有些不顺眼。放达的夫妻在人面前的互相爱怜的态度，有时略一跨出有趣的界线，也容易变为肉麻。老莱子的作态的图，正无怪谁也画不好。像这些图画上似的家庭里，我是一天也住不舒服的，你看这样一位七十岁的老太爷整年假惺惺地玩着一个“摇咕咚”。

汉朝人在宫殿和墓前的石室里，多喜欢绘画或雕刻古来的帝王，孔子弟子，列士，列女，孝子之类的图。宫殿当然一椽不存了；石室却偶然还有，而最完全的是山东嘉祥县的武氏石室[1]。我仿佛记得那上面就刻着老莱子的故事。但现在手头既没有拓本，也没有《金石萃编》[2]，不能查考了；否则，将现时的和约一千八百年前的图画比较起来，也是一种颇有趣味的事。

关于老莱子的，《百孝图》上还有这样的一段：

> "……莱子又有弄雏娱亲之事：尝弄雏于双亲之侧，欲亲之喜。"（原注：《高士传》[3]。）

谁做的《高士传》呢？嵇康的，还是皇甫谧的？也还是手头没有书，无从查考。只在新近因为白得了一个月的薪水，这才发狠买来的《太平御览》上查了一通，到底查不着，倘不是我粗心，那就是出于别的唐宋人的类书里的了。但这也没有什么大关系。我所觉得特别的，是文中的那"雏"字。

我想，这"雏"未必一定是小禽鸟。孩子们喜欢弄来玩耍的，用泥和绸或布做成的人形，日本也叫 Hina，写作"雏"。他们那里往往存留中国的古语；而老莱子在父母面前弄孩子的玩具，也比弄小

---

[1] 武氏石室：位于今山东省嘉祥县南武宅山，东汉武氏家族墓葬的四个石室，四壁有石刻画像，也叫武梁祠。

[2] 《金石萃编》：清代王昶所编，收录夏、商、周至宋末的金石文字一千五百余件，《武梁祠画像》也收入在内。

[3] 《高士传》：晋代皇甫谧撰，记录了自上古到魏晋的九十六位高士。据南宋李石的《续博物志》所述，原书只收录七十二人，后人从《太平御览》中所引用的《高士传》《后汉书》增补为现在流传的九十六人版本。

禽鸟更自然。所以英语的 Doll，即我们现在称为“洋囡囡”或“泥人儿”，而文字上只好写作“傀儡”的，说不定古人就称“雏”，后来中绝，便只残存于日本了。但这不过是我一时的臆测，此外也并无什么坚实的凭证。

这弄雏的事，似乎也还没有人画过图。

我所搜集的另一批，是内有“无常”的画像的书籍。一曰《玉历钞传警世》（或无下二字），一曰《玉历至宝钞》（或作编）。其实是两种都差不多的。关于搜集的事，我首先仍要感谢常维钧兄，他寄给我北京龙光斋本，又鉴光斋本；天津思过斋本，又石印局本；南京李光明庄本。其次是章矛尘[1]兄，给我杭州玛瑙经房本，绍兴许广记本，最近石印本。又其次是我自己，得到广州宝经阁本，又翰元楼本。

这些《玉历》，有繁简两种，是和我的前言相符的。但我调查了一切无常的画像之后，却恐慌起来了。因为书上的“活无常”是花袍，纱帽，背后插刀；而拿算盘，戴高帽子的却是“死有分”！虽然面貌有凶恶和和善之别，脚下有草鞋和布（?）鞋之殊，也不过画工偶然的随便，而最关紧要的题字，则全体一致，曰：“死有分”。呜呼，这明明是专在和我为难。

然而我还不能心服。一者因为这些书都不是我幼小时候所见的那一部，二者因为我还确信我的记

[1] 章矛尘：1901—1981，名廷谦，字矛尘，笔名川岛，浙江上虞人，著有《和鲁迅相处的日子》等作品。

忆并没有错。不过撕下一叶来做插画的企图，却被无声无臭地打得粉碎了。只得选取标本各一——南京本的死有分和广州本的活无常——之外，还自己动手，添画一个我所记得的目连戏或迎神赛会中的“活无常”来塞责，如第三图上方。好在我并非画家，虽然太不高明，读者也许不至于嗔责罢。先前想不到后来，曾经对于吴友如先生辈颇说过几句蹊跷话，不料曾几何时，即须自己出丑了，现在就预先辩解几句在这里存案。但是，如果无效，那也只好直抄徐（印世昌）大总统[1]的哲学：听其自然。

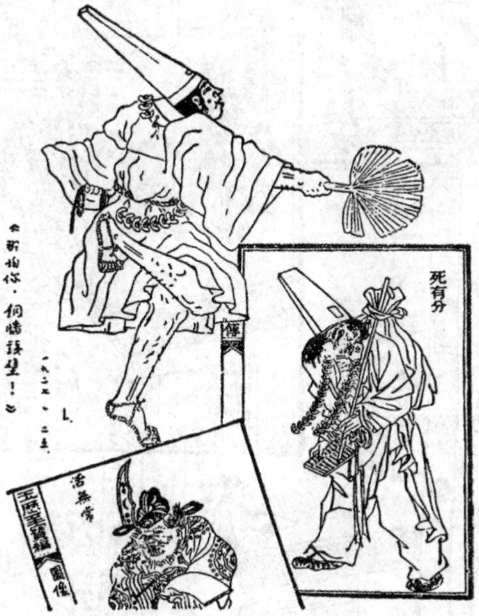

第三图

还有不能心服的事，是我觉得虽是宣传《玉

[1] 徐大总统：指徐世昌（1855—1939），字菊人，天津人。清宣统时任内阁协理大臣，1918—1922年任北洋政府总统。他是一个老于世故的圆滑的官僚，“听其自然”是他常说的一句话。

历》的诸公，于阴间的事情其实也不大了然。例如一个人初死时的情状，那图像就分成两派。一派是只来一位手执钢叉的鬼卒，叫作“勾魂使者”，此外什么都没有；一派是一个马面，两个无常——阳无常和阴无常——而并非活无常和死有分。倘说，那两个就是活无常和死有分罢，则和单个的画像又不一致。如第四图版上的A，阳无常何尝是花袍纱帽？只有阴无常却和单画的死有分颇相像的，但也放下算盘拿了扇。这还可以说大约因为其时是夏

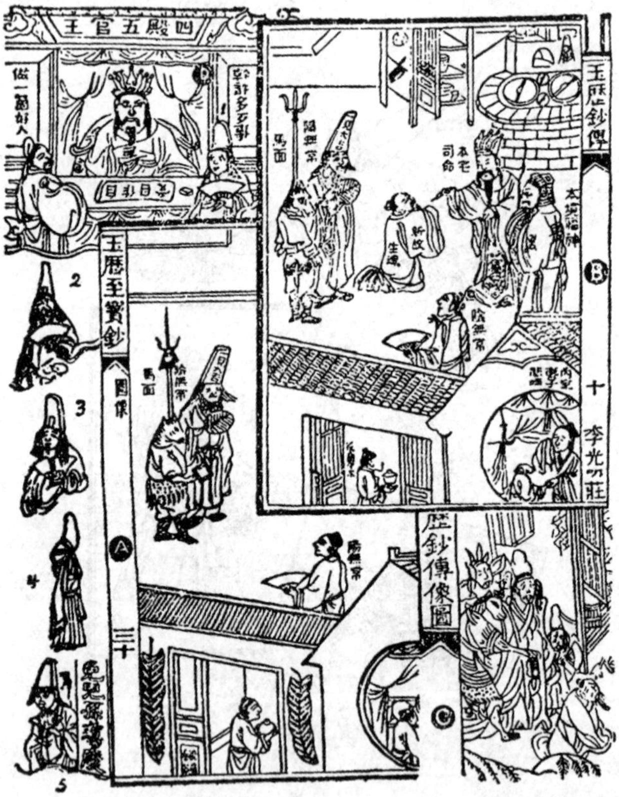

第四图

天，然而怎么又长了那么长的络腮胡子了呢？难道

夏天时疫多，他竟忙得连修刮的工夫都没有了么？这图的来源是天津思过斋的本子，合并声明；还有北京和广州本上的，也相差无几。

B是从南京的李光明庄刻本上取来的，图画和A相同，而题字则正相反了：天津本指为阴无常者，它却道是阳无常。但和我的主张是一致的。那么，倘有一个素衣高帽的东西，不问他胡子之有无，北京人，天津人，广州人只管去称为阴无常或死有分，我和南京人则叫他活无常，各随自已的便罢。“名者，实之宾也”，不关什么紧要的。

不过我还要添上一点C图，是绍兴许广记刻本中的一部分，上面并无题字，不知宣传者于意云何。我幼小时常常走过许广记的门前，也闲看他们刻图画，是专爱用弧线和直线，不大肯作曲线的，所以无常先生的真相，在这里也难以判然。只是他身边另有一个小高帽，却还能分明看出，为别的本子上所无。这就是我所说过的在赛会时候出现的阿领。他连办公时间也带着儿子（?）走，我想，大概是在叫他跟随学习，预备长大之后，可以“无改于父之道”的。

除勾摄人魂外，十殿阎罗王中第四殿五官王的案桌旁边，也什九站着一个高帽脚色。如D图，1取自天津的思过斋本，模样颇漂亮；2是南京本，舌头拖出来了，不知何故；3是广州的宝经阁本，扇子破了；4是北京龙光斋本，无扇，下巴之下一条黑，我看不透它是胡子还是舌头；5是天津石印局本，也颇漂亮，然而站到第七殿泰山王的公案桌边去了：这是很特别的。

又，老虎噬人的图上，也一定画有一个高帽的脚色，拿着纸扇子暗地里在指挥。不知道这也就是无常呢，还是所谓“伥鬼[1]”？但我乡戏文上的伥鬼都不戴高帽子。

研究这一类三魂渺渺，七魄茫茫，“死无对证”的学问，是很新颖，也极占便宜的。假使征集材料，开始讨论，将各种往来的信件都编印起来，恐怕也可以出三四本颇厚的书，并且因此升为“学者”。但是，“活无常学者”，名称不大冠冕，我不想干下去了，只在这里下一个武断：

《玉历》式的思想是很粗浅的：“活无常”和“死有分”，合起来是人生的象征。人将死时，本只须死有分来到。因为他一到，这时候，也就可见“活无常”。

但民间又有一种自称“走阴”或“阴差”的，是生人暂时入冥，帮办公事的脚色。因为他帮同勾魂摄魄，大家也就称之为“无常”；又以其本是生魂也，则别之曰“阳”，但从此便和“活无常”隐然相混了。如第四图版之A，题为“阳无常”的，是平常人的普通装束，足见明明是阴差，他的职务只在领鬼卒进门，所以站在阶下。

既有了生魂入冥的“阳无常”，便以“阴无常”来称职务相似而并非生魂的死有分了。

做目连戏和迎神赛会虽说是祷祈，同时也等于娱乐，扮演出来的应该是阴差，而普通状态太无趣，——无所谓扮演，——不如奇特些好，于是就将“那一个无常”的衣装给他穿上了；——自然原

[1] 伥鬼：旧时迷信传说，人被虎吃掉后，其“鬼魂”反助虎吃人，称为“虎伥”或“伥鬼”。

也没有知道得很清楚。然而从此也更传讹下去。所以南京人和我之所谓活无常，是阴差而穿着死有分的衣冠，顶着真的活无常的名号，大背经典，荒谬得很的。

不知海内博雅君子，以为何如？

我本来并不准备做什么后记，只想寻几张旧画像来做插图，不料目的不达，便变成一面比较，剪贴，一面乱发议论了。那一点本文或作或辍地几乎做了一年，这一点后记也或作或辍地几乎做了两个月。天热如此，汗流浃背，是亦不可以已乎：爰为结。

一九二七年七月十一日，写完于广州东堤寓楼之西窗下。

你可以读懂
《朝花夕拾》

“朝花”为什么偏要“夕拾”

——从《小引》想到

《朝花夕拾》是一本散文集，里面是十篇独立完成的作品，在集结成册之前，它们都刊载在《莽原》半月刊杂志上，总标题是《旧事重提》。

“旧事重提”是比较直白的表达方式，大家一目了然，就是重新讲一讲以前的事情。那么，鲁迅为什么要给它改名呢？

其实原因很简单。在杂志上发表，求的是通达，但要编成作品集留存下来，就得凸显作家的文学趣味。“朝花夕拾”这个词就很有文采，给人一种“不识庐山真面目”的朦胧美。

清晨的花为什么偏要到傍晚才捡起来呢？是到了傍晚才发现这朵花掉落了吗？当然不是。我们来看一下《小引》里鲁迅自己是怎么说的：

> 带露折花，色香自然要好得多，但是我不能够。便是现在心目中的离奇和芜杂，我也还不能使他即刻幻化，转成离奇和芜杂的文章。或者，他日仰看流云时，会在我的眼前一闪烁罢。

写《朝花夕拾》时的鲁迅早已远离儿时家乡的人和事。正因为有了这样时间上、空间上的距离感，他回顾往事的视角也会和少年时代有所不同。是带露折花，还是仰看流云？鲁迅选择了后者。他又说：

> 我有一时，曾经屡次忆起儿时在故乡所吃的蔬果：菱角，罗汉豆，茭白，香瓜。凡这些，都是极其鲜美可口的；都曾是使我思乡的蛊惑。后来，我在久别之后尝到了，也不过如此；惟独在记忆上，还有旧来

的意味留存。

这似乎又是一个哲学问题了。原来，从朝到夕，花还是那一朵花，看花人的心境却发生了变化。

鲁迅在写这些文章的时候，国家正经历剧烈动荡，他的个人命运也随之发生改变。1925 年，北京女师大风潮爆发；1926 年，段祺瑞政府镇压北京学生运动，三一八惨案爆发；同年 8 月，鲁迅离开北京南下，前往厦门大学任教。

> 我常想在纷扰中寻出一点闲静来，然而委实不容易。目前是这么离奇，心里是这么芜杂。一个人做到只剩了回忆的时候，生涯大概总要算是无聊了罢，但有时竟会连回忆也没有。

这正是鲁迅“旧事重提”时的心境。如他所说，当下的芜杂难免需要时间的沉淀，才能幻化为离奇的文章，所以只有回到记忆里，写一写家乡的往事和童年的闲趣了。

不过，鲁迅也坦诚地告诉读者：

> 这十篇就是从记忆中抄出来的，与实际内容或有些不同，然而我现在只记得是这样。

《朝花夕拾》是亦真亦假的，并不能当作史料考证。尽管如此，这些渗透着故乡气息的人和事当中，仍然包含着后来鲁迅一生追求并为之奋斗的文学修为、人生理想和生命态度。

今天我们来读这些文字，就好像和鲁迅一起又经历了一遍他成长中的喜和悲、爱和恨、温情和怅惘。而当我们读到他说，在写《朝花夕拾》后五篇文章时“已经是被学者们挤出集团之后”，也许就更加能够理解他“虽生之日，犹死之年”的感慨了。

动物的隐喻

——读《狗·猫·鼠》

这是一篇从谈论动物入手回忆童年的文章。文章开头，鲁迅从一件小事说起：去年有人因他的小说《兔和猫》而议论他仇猫，可他接着说，到今年这些议论竟被人拿来借题发挥，转而成了骂他是狗。遭受这样的人身攻击令他忍无可忍。于是他决定反击，写文章和那些人“辩一辩”，就是我们正读到的这一篇。

这里，有必要先了解一些一个多世纪前的历史背景。那时候，中华民国刚成立，但军阀持续混战，外国侵略者不断欺辱中国，国家风雨飘摇。许多爱国志士开始思考救亡之道，他们办报刊、写文章，并提出自己的思想主张，希望通过鼓吹新文化改变社会面貌。其中，以《新青年》杂志最具代表性。

1917 年，《新青年》先后发表了两篇重量级文章，分别是胡适的《文学改良刍议》及陈独秀的《文学革命论》。

胡适主张文学改良，倡导白话文、整理国故、再造新文明；陈独秀主张通过文学革命打破旧伦理，经过社会革命来改造中国。

1918 年，鲁迅加盟《新青年》，发表了首篇白话文短篇小说《狂人日记》。鲁迅代表的则是第三种主张，希望通过文艺改变国民性。他的文章充满了战斗性，具有深刻思想，因而也遭到了来自学界的诸多攻击。

在写《朝花夕拾》的 20 世纪 20 年代中期，鲁迅正忙于笔战，尤其针对胡适主持的现代评论派陈西滢、徐志摩等人，每一篇文章的交锋都充满了火药味。

《朝花夕拾》里也处处可见笔战痕迹。1926 年 1 月，鲁迅发表了《论

“费厄泼赖”应该缓行》，在这篇文章里把狗的本性狠狠贬损了一通，还实名指责了现代评论派的陈西滢，并喊出了著名的口号——“痛打落水狗”。这才引发了文章开头的“一件小事”。

文中，鲁迅还提到一个童话故事，讲的是狗因太愚蠢，错把猫认作象，遭到了其他动物的嘲笑，故而和猫结下深仇。然后，他的笔锋一转：“我的仇猫，是和这大大两样的。”

鲁迅接着写出了他仇猫的原因：

> 一，它的性情就和别的猛兽不同，凡捕食雀鼠，总不肯一口咬死，定要尽情玩弄，放走，又捉住，捉住，又放走，直待自己玩厌了，这才吃下去，颇与人们的幸灾乐祸，慢慢地折磨弱者的坏脾气相同。二，它不是和狮虎同族的么？可是有这么一副媚态！但这也许是限于天分之故罢，假使它的身材比现在大十倍，那就真不知道它所取的是怎么一种态度。

此外，还有第三种仇猫的理由：

> 因为它们配合时候的嗥叫，手续竟有这么繁重，闹得别人心烦，尤其是夜间要看书，睡觉的时候。当这些时候，我便要用长竹竿去攻击它们。

结合文中的一大段“人禽之辨”来看，鲁迅的态度就很明显了：做人如果做得太差劲，又是自命清高，又是虚伪矫情，那就还不如猛禽的真性情。而讨厌一副媚态又爱折磨别人的猫，简直就是天经地义。

以上这些，都是专门写给对手看的“暗语”，如果不了解当时鲁迅和现代评论派的笔战详情，恐怕很难懂得其中内涵。猫也好，狗也罢，鲁迅的言外之意，这些不好惹的“绅士”“名人或名教授”不是蠢就是坏。

但陷入论战的鲁迅无疑是偏激的。今天，当我们阅读鲁迅的文章，不要完全以鲁迅的是非为是非，应该知道与他站在对立面的现代评论派，和他之间更多是理念之争、立场之争。

文章至此，成年的“我”就要渐渐退隐，儿童时期的“我”终于出场了。原来鲁迅仇猫的真正原因，是小时候家里的猫吃掉了他饲养的隐鼠。

十岁左右，鲁迅非常喜欢一种小小的隐鼠。这里他用了“所爱”这个词，来表达和“仇恨”截然相反的态度。

文中有几段非常精彩的描写，一处是写“老鼠成亲”的花纸：

> 我的床前就帖着两张花纸，一是“八戒招赘”，满纸长嘴大耳，我以为不甚雅观；别的一张“老鼠成亲”却可爱，自新郎新妇以至傧相，宾客，执事，没有一个不是尖腮细腿，像煞读书人的，但穿的都是红衫绿裤。我想，能举办这样大仪式的，一定只有我所喜欢的那些隐鼠。

另一处是写“老鼠数铜钱”：

> 老鼠的大敌其实并不是猫。春后，你听到它“咋！咋咋咋咋！”地叫着，大家称为“老鼠数铜钱”的，便知道它的可怕的屠伯已经光降了。这声音是表现绝望的惊恐的，虽然遇见猫，还不至于这样叫。

今天我们读到“老鼠数铜钱”大概都感到困惑：一来老鼠和蛇在家里几乎都见不到了，二来旧时通行的铜钱也退出了历史舞台。

我们来看看周作人在《鲁迅小说里的人物》一书中，对这段描写是怎么解读的。他说：“说也奇怪，老鼠遇见猫还会得逃跑，一看见蛇却震惊失常，欲走不能，欲叫不得，故急迫而咋咋（即是吱吱的入声）作声，犹人之口吃，只是竦立着，旋即被蛇所缠束住了。”

“犹人之口吃，只是竦立着”——这么一想，老鼠咋咋的绝命悲号，实在写得逼真。

后来，鲁迅搭救了一只受伤的隐鼠，并且养了起来，他们还成了朋友。这位隐鼠朋友会沿着他的腿爬上桌，吃菜渣、舔墨汁，给鲁迅带来了不少乐趣，可它却莫名消失了。保姆长妈妈告诉他，隐鼠被猫吃掉了。从此，鲁迅便仇恨上了猫，只要一有机会，就要为他的隐鼠朋友报仇。

这个关于隐鼠的故事，鲁迅用了非常纯真、童趣的笔法来写，十来岁小男孩机灵、爽直的性格跃然纸上。

然而文章的结尾，鲁迅却做了一个很大的反转——隐鼠不是被猫吃掉，而是被长妈妈踩死的。他发现自己仇恨错了对象，但他“和猫的感情却终于没有融和”。

为什么要添一笔反转呢？从情节上看，隐鼠终归是死掉了；从情感上看，他也仍然是仇猫的。这么写似乎没有道理。

原来，那是成年的“我”悄悄回来了。

鲁迅在这里暗暗宣布了一件事：关于我的仇恨，哪怕其中有什么误会，我也绝对不会改变态度。至于你们先冷嘲热讽地侮辱我，又说我也是负有指导青年责任的“前辈”，不该动那么大火气，我可不要当什么“前辈”!

看得出，写《狗·猫·鼠》的鲁迅还没有从笔战的气氛当中回过神来。不过，他笔下这些充满火药味的“骂战”到底和童年往事有什么关系呢?

前面提到，鲁迅所处的五四时期在思想和学术上都十分开明。因此，当时的作家们也大胆尝试突破传统文学的限制，白话文写作就是其中最典型的表现。

散文方面，受到英国随笔[1]的影响，同时又和中国的魏晋文章、晚明小品相互融合，发展出了新的现代散文体式。其中成就最高者，一个是鲁迅，另一个是周作人。

民国的散文，文风上都比较洒脱和原生态，像是作者在和读者进行一场兴之所至的闲谈漫话。文学评论家们将这种不受拘束、任心漫谈的文字风格称为“闲话风”。

《朝花夕拾》是鲁迅“闲话风”散文的代表作。不过，鲁迅的“闲话”

[1] 英国随笔：英语中的 Essay。陈平原在《中国散文小说史》中认为，将其译作“絮语”或“小品”，并不尽如人意。陈平原根据胡梦华《絮语散文》（《小说月报》17 卷 3 号）及梁遇春为《英国小品文选》（上海开明书店 1929 年版）和《小品文选》（上海北新书局 1930 年版）写的序，概括其基本特点为：如家常絮语，用轻松的文笔随随便便谈人生；挣脱世俗偏见，从一个崭新的观察点去领略人生乐趣；其特质是个人、非正式与诙谐，其风格则是洒脱、含蓄与冲淡闲逸。

和其他作家的“闲话”又有所不同。比起向读者吐露心声，他更关注倾听自己内心的声音。

阅读鲁迅的作品，我们常常能见到他犀利的议论和批评，小说如此，杂文如此，连抒情散文也明显地带有战斗色彩。这正是鲁迅文章的一个标志性特点。

所以，我们才会在他回忆儿时与隐鼠的趣事时，读到他仇猫的理由，进而也读到他要“痛打落水狗”的坚决态度，甚至和现代评论派之间的种种针锋相对，也大段大段地反复出现。

一方面，是在回忆的笔调中尽显从容、闲适的洒脱；另一方面，紧张、激烈的精神状态又呼之欲出。也许这正是1926年深陷女师大风潮的鲁迅先生，在写《狗·猫·鼠》时最真实的写照吧。

成长里的温情和趣味

——读《阿长与〈山海经〉》

读过了一刻也不放弃战斗的鲁迅，接下来要读到的将是温馨、柔软、慈悲的鲁迅。

阿长——长妈妈，这是鲁迅童年回忆里首个二度出现的人物。鲁迅特意安排她在前两个篇章中连续出场，并且成为第二篇的焦点人物，可见他心里对这位一向带领着他的保姆是十分惦念的。

但长妈妈的出场没有什么温情的渲染，反而是因一件不怎么愉快的经历：是她害死了鲁迅最爱的隐鼠，并嫁祸给了家里的猫。鲁迅说自己为此而“憎恶”她，不再亲昵地叫她“阿妈”，而是毫不客气地直呼她“阿长”。

从称呼的转换来表达爱憎，这是一个非常生活化的视角，一定是发生在亲近的人之间的，如果上升到社会交往层面，就不会如此。因此，关于长妈妈的这个故事，也必定是鲁迅藏在心里对成长特别私人化的感受。

《阿长与〈山海经〉》从家里各人对这位女工的称呼开始说起。母亲和许多别的人称呼她“长妈妈”，祖母叫她“阿长”，而“我平时叫她‘阿妈’，连‘长’字也不带”。这三种称呼里是大家对她不一样的情感态度。讽刺的是，她根本不叫这个名字，这只是家里先前女工的一个绰号，大家把这个绰号延续到她身上，没有再改口。

就是这么个可怜的农村妇女，鲁迅是怎么介绍她的呢？

> 我可只得说：我实在不大佩服她。最讨厌的是常喜欢切切察察，向人们低声絮说些什么事，还竖起第二个手指，在空中上下摇动，或者点着对手或自己的鼻尖。我的家里一有些小风波，不知怎的我总疑

心和这“切切察察”有些关系。又不许我走动，拔一株草，翻一块石头，就说我顽皮，要告诉我的母亲去了。一到夏天，睡觉时她又伸开两脚两手，在床中间摆成一个“大”字，挤得我没有余地翻身，久睡在一角的席子上，又已经烤得那么热。推她呢，不动；叫她呢，也不闻。

以上长篇的描述，鲁迅的用词很明显都带着贬义，看起来他对长妈妈没有什么好印象。不仅如此，长妈妈还迂腐迷信，强迫他遵守许多古怪规矩，天性不受拘束的鲁迅对此也感到“烦琐之至”“非常麻烦”。

至于文章标题里的“阿长”，似乎也暗示了鲁迅对她的情感基调是“讨厌”和“不大佩服”的。但果真如此吗？鲁迅和长妈妈之间的关系到底怎么样，成为全文的一个伏笔。

其实，鲁迅在这里细数长妈妈的不是，用笔的分寸是十分成熟老辣的。他既向我们呈现了一个乡下女人的粗鄙和愚昧，又把自己对长妈妈的无可奈何变成了一幅绝妙的人物特写。没有姓名的阿长，就这样不经意刻在了大家的脑海里。

这就像你以为自己无法忍受浑身缺点的家人，但因为是最亲密的人，讨厌是真的讨厌，爱也是真的爱。理解了这样一层感情，我们才能继续读懂鲁迅笔下拥有“伟大的神力”的长妈妈。

一个从未受过教育的底层农民，到底有什么样“伟大的神力”呢？鲁迅告诉我们，长妈妈特别会讲民间传奇。她讲的长毛的故事，那些惊悚可怕的情节，恐怕是典籍文论里无论如何也读不到的。并且，长妈妈的语言过于粗糙直截：“城外有兵来攻的时候，长毛就叫我们脱下裤子，一排一排地站在城墙上，外面的大炮就放不出来；再要放，就炸了！”实在是令小孩子感到惊奇不已。这是第一层。

第二层呢，是因为长妈妈为“我”买到了渴慕的绘图本《山海经》。书里“画着人面的兽，九头的蛇，三脚的鸟，生着翅膀的人，没有头而以两乳当作眼睛的怪物，……”从小喜欢绘画的鲁迅当然做梦都想拥有。可即便是有钱人家的少爷，这样的闲书也是不容易得到的。就在他暗自失落的时候，大字不识一个的长妈妈却像变戏法一样，帮他实现了这个渺茫的愿望。

> “哥儿，有画儿的‘三哼经’，我给你买来了！”
>
> 我似乎遇着了一个霹雳，全体都震悚起来；赶紧去接过来，打开纸包，是四本小小的书，略略一翻，人面的兽，九头的蛇，……果然都在内。
>
> 这又使我发生新的敬意了，别人不肯做，或不能做的事，她却能够做成功。她确有伟大的神力。谋害隐鼠的怨恨，从此完全消灭了。

从鲁迅见到这套《山海经》时的反应就能知道，他对于能够拥有《山海经》是多么的渴望。

直到几十年后，鲁迅仍然认为：“这四本书，乃是我最初得到，最为心爱的宝书。”此后，他又搜集了石印《尔雅音图》和《毛诗品物图考》，以及《点石斋丛画》和《诗画舫》等绘画书。他对于绘画艺术的热爱持续了终生，大概也是从那个时候开始养成的。

可以说，长妈妈给儿时鲁迅带来的不仅仅是一套《山海经》，她做成了“别人不肯做，或不能做的事”，是对一个孩子内心深处真正热爱的、好奇的、想要探索世界的欲望的满足。

如此看来，鲁迅是依恋长妈妈的，因为长妈妈给予了他成长中不可或缺的陪伴和关怀，同时扮演了一个启蒙者的角色。

从对长妈妈的嫌弃怨恨到深情依恋，这就是题中“阿长”和“山海经”两个关键词想要表达的核心思想。

前半段，鲁迅运用了大量贬义词来刻画长妈妈的生活日常；到了后半段又使用了“霹雳”“震悚”“敬意”“伟大”“神力”等词汇，来表达长妈妈在他心中光彩夺目的形象。这是典型的先抑后扬的写作手法。

文章最后，是一句充满哲学和宗教意味的祝祷：

> 仁厚黑暗的地母呵，愿在你怀里永安她的魂灵！

这是鲁迅笔下绝少有的文字。全文的情感蓄势，在这最后一句话当中完成了迸发的高潮。有人称之为“神来之笔”毫不为过。[1]

原来，鲁迅并不只是单纯地嫌弃长妈妈的粗鄙和愚昧，他更对这位身处社会底层的不幸妇女怀抱着深深的同情。同时，他希望这样一位纯朴的农民，在经历了一生的苦难后，能够得到生命最终极的安宁。

不过，不知道大家是否想过一个问题，《阿长与〈山海经〉》的文字如此富于起伏感，用这样的笔法，只是单纯为了抒发对长妈妈的爱意吗？在笔者看来，鲁迅还有更深一层的寓意。

鲁迅的爱憎分明，不单体现在大是大非的问题上，也在生活的细节里展露无遗。

他喜欢长妈妈，不仅仅因为长妈妈负责照料他的日常起居，对他付出了如母亲般的疼爱。还有一个很重要的原因，长妈妈的身上所拥有的朴素善良、纯粹直爽，以及大胆的想象力，这些特质汇总起来，我们将看到一个从苦难中走来，但仍有趣味、有生命力的活泼的人，这是非常难得的。

对于鲁迅而言，儿时的他对世界无穷的好奇心、对精神自由的向往，都隐藏在了这篇《阿长与〈山海经〉》充满欢乐感的语言之下。

[1] 参见钱理群《鲁迅作品细读》，北京出版社，2017，第84页。

摇咕咚的悲剧和喜剧

——读《二十四孝图》

《二十四孝图》是在鲁迅童年时代给他留下深刻印象的另一本绘画书。但鲁迅对这本书的态度却和《山海经》截然相反。《二十四孝图》这篇文章正是要向《二十四孝图》开火，批评其中不近人情的愚昧礼教。

不过文章前半部分，鲁迅用了相当长的篇幅为白话文运动鼓与呼：

> 我总要上下四方寻求，得到一种最黑，最黑，最黑的咒文，先来诅咒一切反对白话，妨害白话者。即使人死了真有灵魂，因这最恶的心，应该堕入地狱，也将决不改悔，总要先来诅咒一切反对白话，妨害白话者。
>
> …………
>
> 只要对于白话来加以谋害者，都应该灭亡！
>
> …………
>
> 只要对于白话来加以谋害者，都应该灭亡！

鲁迅写作惜墨如金，在这样一篇文章中，同样意思的话反复出现了三遍，这是不寻常的。

鲁迅之所以慷慨激昂地提倡白话文，与当时的新文化运动有关。胡适和陈独秀在《新青年》杂志上倡导文学新主张，开启了中国白话文运动，促成了五四新文化运动。

1918 年 1 月，《新青年》全部改用白话文。5 月起，鲁迅开始陆续在《新青年》发表《狂人日记》《孔乙己》《药》等短篇小说，标志着白话文运动在文艺方面首先突破，体现了文学革命的实绩。[1] 他本人就是白话文运动最早、最积极的践行者之一。

今天的文学评论家总结五四文学革命，发现尽管参与其中的学者观点主张各异，但他们有一些共同点。具体而言，第一，他们都支持白话文运动，尝试用白话文创作；第二，他们都反对落后愚昧的传统礼教；第三，他们都极力倡导思想和文化的启蒙；第四，他们都受到西方科学影响而信奉“进化论”，认为希望是在于未来、在于下一代的。这四个方面，实际上就是五四时期新思想的核心观点。

鲁迅对儿童教育十分关心。他不遗余力支持白话文，有一个很重要的原因，就是希望通过教育启蒙，解放儿童天性，改变下一代的精神面貌，去创造更有希望的未来。

但在当时，白话文运动遭到一些支持文言文的学者的猛烈攻击，引发了一场白话文和文言文的论战。

鲁迅在《二十四孝图》中犀利地表明：“可是一班别有心肠的人们，便竭力来阻遏它，要使孩子的世界中，没有一丝乐趣。”

在他看来，文言代表的是旧文化、旧礼教、旧势力，白话代表的则是新文化、新思想、新价值。他的小说《狂人日记》讲的就是礼教吃人，小说结尾发出了“救救孩子”的呐喊。因此，鲁迅说“妨害白话者的流毒却甚于洪水猛兽，非常广大，也非常长久”就能理解了。他认为，坚持捍卫文言的人就和传奇小说《开河记》中杀死小孩来吃的麻叔谋没有两样，都是吃人礼教的卫道士。

在那样一种腐朽、压抑的旧传统氛围里，儿童启蒙只能靠枯燥的“人之初性本善”，又或者《文昌帝君阴骘文图说》和《玉历钞传》之类带有迷信色彩的民间劝善书，是不可能遵循孩子的天性而开展的。

当然，鲁迅所持的这一观点有时代的特殊性。他自己也认可，并非一切传统的东西都是恶的，只不过在当时，只有坚定地抵御强大的旧势力，才有可能加速社会变革，实现民族复兴。

---

[1] 参见李春阳《白话文运动的危机》，生活·读书·新知三联书店，2017，第25页。

《二十四孝图》这本儒家经典，在鲁迅看来就是十足礼教吃人的典范。

这本书原是一位长辈送给鲁迅的，他一开始看到里面有那么多图画，故事也不是关于鬼神迷信，书又归他独有，“高兴极了”。但当他找人把这些故事都讲了一遍后，“接着就是扫兴”。

他提到其中几个故事，受过一些国学启蒙的孩子应该都有所耳闻：“子路负米”“黄香扇枕”“陆绩怀橘”虽然执行起来别扭，却还是可以“勉力效仿”；“哭竹生笋”就很“可疑”，如果哭不出笋来，那就丢脸了；到了“卧冰求鲤”，小孩子贸然去躺冰面，“就有性命之虞了”。

这里鲁迅着重要批判的是“老莱娱亲”和“郭巨埋儿”这两件事。

> 我至今还记得，一个躺在父母跟前的老头子，一个抱在母亲手上的小孩子，是怎样地使我发生不同的感想呵。他们一手都拿着“摇咕咚”。这玩意儿确是可爱的，北京称为小鼓，盖即鼗也，朱熹曰，“鼗，小鼓，两旁有耳；持其柄而摇之，则旁耳还自击，”咕咚咕咚地响起来。然而这东西是不该拿在老莱子手里的，他应该扶一枝拐杖。现在这模样，简直是装佯，侮辱了孩子。我没有再看第二回，一到这一叶，便急速地翻过去了。

周作人曾指出，鲁迅对这两件事的打击，是特别和图画连起来说的，这一点需要引起注意。[1]

鲁迅先为读者描绘了他的那本《二十四孝图》中，七十岁的老莱子为了取悦更年迈的父母，却要扮婴儿“诈跌”。但古书上的老莱子不过是“常著斑斓之衣，为亲取饮，上堂脚跌，恐伤父母之心，僵仆为婴儿啼”，还不至于“诈跌”这么虚伪。

在《朝花夕拾》的《后记》中，鲁迅又详细考证了“老莱娱亲”在不同版本图画中的详情，并将其合画为两幅图附在书后。他解释道，无论是哪一个版本的描画，都很无趣。

---

[1] 参见周作人《鲁迅小说里的人物》，北京十月文艺出版社，2013，第259页。

> 人说，讽刺和冷嘲只隔一张纸，我以为有趣和肉麻也一样。孩子对父母撒娇可以看得有趣，若是成人，便未免有些不顺眼。……老莱子的作态的图，正无怪谁也画不好。像这些图画上似的家庭里，我是一天也住不舒服的，你看这样一位七十岁的老太爷整年假惺惺地玩着一个“摇咕咚”。

《后记》里的这段话写得非常清楚明白，这种把“肉麻当作有趣”的行为，确实让人感到恶心，哪怕“道学先生以为他白璧无瑕”，他也“已在孩子的心中死掉了”。这是鲁迅尤其讨厌他的原因。

这里有个细节，注意到的人并不多，即老莱子和郭巨儿的手上都拿着一个“摇咕咚”，也就是类似拨浪鼓的小玩意儿。

> 至于玩着“摇咕咚”的郭巨的儿子，却实在值得同情。他被抱在他母亲的臂膊上，高高兴兴地笑着；他的父亲却正在掘窟窿，要将他埋掉了。

三岁的小孩还懵懂可爱，爹妈却盘算着把他埋了，就为了省口粮食给老母亲，完全不可理喻。幸好后来挖到了一釜黄金，“上云：天赐郭巨”，如果是“掘好深坑，不见黄金，连‘摇咕咚’一同埋下去，盖上土，踏得实实的，又有什么法子可想呢”，那就堪比“谋杀式尽孝”了。

这些故事里一个个都写着礼教吃人。别说教育儿童了，完全是对儿童心灵的残害，也难怪鲁迅在看了《二十四孝图》之后，要害怕起自己的父亲在家境变差以后，为了当孝子而把他埋掉。

《二十四孝图》一文，尽管在后半篇的回忆当中，刻意地使用了童趣精怪的语言，来表现积压在儿时鲁迅内心的困扰，但总体而言，仍然更像一篇战斗的檄文。文中不仅声讨捍卫文言而加害白话者，还控诉“老莱娱亲”“郭巨埋儿”等愚昧旧礼教，顺带又讽刺了现代评论派陈西滢等“流氓绅士”。鲁迅的尖刻和不留余地，完全是郁达夫所谓“能以寸铁杀人”。

民俗文化之轻与传统文化之重

——读《五猖会》

在《五猖会》中，鲁迅谈到了故乡的风俗节日——迎神赛会，把读者一下子带到了绍兴的江南水乡，感受浓郁的乡土气息。这是鲁迅的童年生活中一段充满美感的记忆。

文章开头，鲁迅开门见山地写道，除了过年过节之外，家乡的孩子们所盼望的就是迎神赛会了。然而，在这一部分中鲁迅并没有描写自己见过或参与过的绍兴迎神赛会盛况。他坦白称，迎神赛会最精彩的部分他也没见到过。由于家里住得比较偏僻，每当赛会的行列经过时，已经到了下午，仪仗之类都减之又减，“所剩的极其寥寥”。

从迎神赛会这一充满市井气息的节日入手，鲁迅用从容的笔调缓缓道出了自己“伸着颈子等候多时”也没能看见赛会盛况的遗憾。正是这种遗憾的情绪，让童年时期的鲁迅常存着一个希望——在下一次见到更为盛大的迎神赛会，也让渴望知道他能否如愿的读者对下文产生了期待。

讲述了自己的遗憾之后，鲁迅开始向我们正式地介绍迎神赛会。赛会其实不是一种娱乐活动，而是流传在民间的祭祀仪式，主要是乡邻共同参与的宗教活动，用于感谢神明保佑，祈祷来年风调雨顺。

在绍兴赛会上，人们会把供奉在庙里的神像请出来，由迎神出庙的队伍抬着周游街巷，其间还有仪仗鼓乐、杂戏表演和戏剧演出，颇为热闹，也因此，迎神赛会成为旧时小孩子的寂寥童年中难得的娱乐项目。

不过，真正“豪奢极了”“奇拔得可观”的迎神赛会可能要追溯到明朝的时候。到了鲁迅小时候，赛会的盛况已经大不如前了。鲁迅提到了一本明代文人张岱写的《陶庵梦忆》，里面记载有当时赛会扮故事的详细情景：

> 他记扮《水浒传》中人物云："……于是分头四出，寻黑矮汉，寻梢长大汉，寻头陀，寻胖大和尚，寻茁壮妇人，寻姣长妇人，寻青面，寻歪头，寻赤须，寻美髯，寻黑大汉，寻赤脸长须。大索城中；无，则之郭，之村，之山僻，之邻府州县。用重价聘之，得三十六人，梁山泊好汉，个个呵活，臻臻至至，人马称娖而行。……"

明代的迎神赛会一般会按照不同人物的外貌特点，费尽心思地寻找长相相似的人来扮演，可见当时的人们对于赛会的敬重，对于这种民间艺术的热衷。虽然这样的盛举到了清末已经不再有了，但是鲁迅对张岱所描绘的明代绍兴人恣意、豪放的精神境界十分向往，直言面对这样的盛况，"谁能不动一看的雅兴呢"？

不过，鲁迅也提到，实际上当时的妇孺是不许看赛会的，读书人也不肯看，只有游手好闲的人才去凑热闹。因为像迎神赛会这样带有宗教迷信成分的民间祭祀活动虽然场面壮观，但不入流，不是"正经人"应该掺和的"正经事"。

出于这一原因，鲁迅要想了解赛会的详情，在那时候主要靠道听途说。在他的回忆中，只有一次亲眼见到了较盛的赛会：

> 开首是一个孩子骑马先来，称为"塘报"；过了许久，"高照"到了，长竹竿揭起一条很长的旗，一个汗流浃背的胖大汉用两手托着；他高兴的时候，就肯将竿头放在头顶或牙齿上，甚而至于鼻尖。其次是所谓"高跷"，"抬阁"，"马头"了；还有扮犯人的，红衣枷锁，内中也有孩子。

可见，对于童年时期的鲁迅来说，吸引力最大的也许并不是赛会的场面有多么宏大，而是赛会的巡街表演允许小孩子亲自参与。

在他晚年的另一篇文章《女吊》中，鲁迅曾描写自己在迎神赛会上扮"义勇鬼"的经历，然而在《五猖会》中，鲁迅却说自己"到现在终于没有和赛会发生关系过”。姑且不论鲁迅是否真的扮过鬼卒，迎神赛会作为不被传统绅宦家庭所接受的“俗”文化却是板上钉钉的事实，参与过这样的民俗节日自然也就不是什么光彩的事情了。

至此，《五猖会》的前半部分也就结束了。鲁迅为什么要用将近一半的篇幅来写盛况不再且不入流迎神赛会呢？关于这个问题，我们或许可以从以下几个方面来理解。

首先是由于迎神赛会在形式上的生动和丰富，其中的音乐和表演都充满了趣味，人们甚至还有机会亲自参与，这对于当时缺少娱乐活动的孩子们来说是十分具有诱惑力的。

其次，迎神赛会作为民间艺术，是和官学正相反的文艺形态。鲁迅从小就偏爱这种正统以外的俗文化，一直到成年后也没有改变。比如他在《社戏》中提到，十一二岁时，自己在外祖母家居住，“所第一盼望的，却在到赵庄去看戏”，又或者是在《阿长与〈山海经〉》中提到的自己对于描画的热爱，以至于将幼时得到的《山海经》看成是“最为心爱的宝书”。

在对俗文化的喜爱中，还掺杂着鲁迅对所谓“正统”的否定态度。在当时，赛会被认为是不入流的，鲁迅就偏要打破这种“正统”，热爱“正经人”瞧不上的俗文化。他对旧式礼教的叛逆在这么一件小事上就已经表明立场了。

介绍完迎神赛会，《五猖会》就进入了下半部分。在这一部分里，出现了鲁迅童年回忆中的第二个重要人物，那就是父亲。鲁迅的父亲周伯宜是个传统读书人，秀才出身，但之后一直没有考中乡试，常年闲居在家。按理说，父亲多数时间在家里，应该有很多时间陪伴自己的孩子，但实际上，鲁迅与父亲的关系并不怎么亲近。

《五猖会》里父亲的出场就说明了这一点。

鲁迅并没有一开始就落笔描写父亲。他先是提到家里租了一条大船，要去很远的东关看全县最热闹的五猖会，全家人都为此十分兴奋，一大清早就起来准备，还请了工人，特别隆重。他在这里极力地渲染欢欣、愉悦的气氛。就在这欢天喜地的氛围里，重要人物——父亲登场了：

我笑着跳着，催他们要搬得快。忽然，工人的脸色很谨肃了，我知道有些蹊跷，四面一看，父亲就站在我背后。

鲁迅着重点出了“笑着”“跳着”这两个动作，通过动作描写将内心的雀跃展现出来。等到父亲出现之后，工人的脸色忽然变得“谨肃”，只一个词便将当时急转直下的气氛一语道出，甚至连期盼随着鲁迅去一探赛会盛况的读者也像被当头泼了一盆冷水一般，十分扫兴。

父亲背对着“我”出现，同时，慢慢地提出了一个不容置疑的要求，他要“我”先把书上指定的内容背熟，否则就不准去看五猖会，说完便站起来，走进房里去了。

在这里，鲁迅没有给予父亲任何动作、神态和语调上的细节刻画，我们只从“不准”两字看出了他坚决、强硬的态度。而儿时的鲁迅对这突如其来的打击也只有无可奈何。

一面是充满诱惑力的民间赛会，一面是晦涩乏味的官学读本，对于一个年仅七岁的小孩子而言，这样的左右为难就可想而知了。

紧接着，鲁迅开始描写自己是如何厌烦地背书的，其中不乏一些趣味的巧笔。比如，“家中由忙乱转成静肃了”“只默默地静候着我读熟”“在百静中”，一连三个“静”字，与此前全家人搬运行李的“动”形成鲜明对比，足见鲁迅当时的压力之大。

又比如，“似乎头里要伸出许多铁钳，将什么‘生于太荒’之流夹住”。背诵原是精神中无形的行为，用“铁钳”“夹住”这样的描写将其具象化，是何等的生动形象！仔细想想，我们也曾恨不得用什么工具强行将考试的知识点刻在脑海中，与当时的鲁迅如出一辙。

其实，这些未必是童年鲁迅的真实体验，很有可能是成年鲁迅在回忆童年时加以渲染的细微心理，却让我们在时隔百年后读起来也深有同感，这正是文字的精妙、共通之处。

在全家人的期待和读者的盼望中，鲁迅终于痛苦地背完了书。当全家人都露出了笑容，兴高采烈地向东关进发时，鲁迅的心情是怎样的呢？

> 我却并没有他们那么高兴。开船以后，水路中的风景，盒子里的点心，以及到了东关的五猖会的热闹，对于我似乎都没有什么大意思。

经过了背书的“折磨”后，鲁迅对于五猖会的期待之情已消失殆尽了。至于那一场盛会究竟怎样，鲁迅并没有花费多少笔墨去描绘它。文章反而在这一部分刻意地放大了鲁迅的失落情绪，与之相比，五猖会有多么热闹早已经无足轻重。

文章结束在成年鲁迅的一个疑问当中。他说：“我至今一想起，还诧异我的父亲何以要在那时候叫我来背书。”

中国传统家庭中的家长大多难以接受孩子发自内心的、简单的愉悦，似乎任由孩子去追寻自己想要的自由，就是一场脱离掌控的危机，需要及时进行镇压或打击。鲁迅父子间的疏离与隔阂，也在这一场小小的波折中暴露无遗。

不过，面对父亲对官学的维护和严苛要求，鲁迅最终也只是感到“诧异”。显而易见，无论是小的时候，还是成年以后，鲁迅对父亲的感情始终没有强烈的不满和怨恨，也无心质疑和挑战父权的压抑。

正如他承认自己向往恣意、精彩的迎神赛会，也承认自己无法摆脱这种旧制的束缚一样，究其一生，鲁迅似乎都处于这种矛盾中，在不断地寻找破解之法。

人无常而鬼有情

——读《无常》

《无常》这篇文章与《五猖会》一样，描写的依旧是迎神赛会这一民俗。只不过《无常》中所描写的主角不是迎神赛会上的神，而是其中的鬼——活无常。

在文章第一段，鲁迅就将神与鬼对照着写。他认为神“在中国仿佛都有些随意杀人的权柄”，掌握着人民的生杀大权；而鬼则不同，这些赛会中的无常鬼大多是“由粗人和乡下人扮演的”。言下之意，神是高高在上的存在，鬼物却和普通人民是同一类存在，是平民化的。

鲁迅描写无常鬼，并没有开门见山直接介绍，而是先以其他鬼的形象作为铺垫。一般的鬼王或鬼卒会穿着红红绿绿的衣裳，将脸涂成蓝色，拿着虎头牌或钢叉，而无常则“浑身雪白”，顶着“白纸的高帽子”，拿着“破芭蕉扇”出现在众人的视野中。此处，无常的“雪白”与其他鬼物的“红红绿绿”形成了对比，突显出无常的“鹤立鸡群”。

人们对这样的无常鬼是什么态度呢？鲁迅写道，一看见无常时，“大家就都有些紧张，而且高兴起来了”。“紧张”与“高兴”原是相悖的情绪，这里同时出现，乍一看令人有些困惑。但仔细想来，无常毕竟是鬼，人看到鬼时难免有些生畏。鲁迅在文中举例说，在城隍庙或东岳庙中，会有一间叫“阴司间”的暗室，陈列着各种鬼，其中“一进门口所看见的长而白的东西就是他（无常）”。更有甚者，樊江东岳庙的“阴司间”，门口有一块活板，人踏上之后，另一端的无常就会朝你扑过来，也难怪人们看见无常要紧张了。

至于高兴，一方面是由于相比鬼王鬼卒的一本正经，无常的形象反而是有点可爱，又有点滑稽，生动得真切。鲁迅提到，《玉历钞传》中画着无常的具体模样：

> 身上穿的是斩衰凶服，腰间束的是草绳，脚穿草鞋，项挂纸锭；手上是破芭蕉扇，铁索，算盘；肩膀是耸起的，头发却披下来；眉眼的外梢都向下，像一个“八”字。头上一顶长方帽，下大顶小，按比例一算，该有二尺来高罢；在正面，就是遗老遗少们所戴瓜皮小帽的缀一粒珠子或一块宝石的地方，直写着四个字道：“一见有喜”。有一种本子上，却写的是“你也来了”。

很明显，这是一个其貌不扬的鬼。从装束来看，他身上的草绳、草鞋、破芭蕉扇等物件都和穷苦农民所用的一样。可见，无常在鬼物中也处于“下等”地位，正是出于这一原因，使得人们觉得与无常是亲近的。

另一方面，鲁迅也提到，无常大概是佛经中“人生无常”之类的话语传到中国后，被具体化了，其中包含着人们看待生死的朴素态度。在老百姓眼里，人生就应该是“无论贵贱，无论贫富，其时都是‘一双空手见阎王’，有冤的得伸，有罪的就得罚”。而“大戏”和“目连戏”中的无常鬼，专门负责收恶人魂魄去阴间，因而被视作惩恶扬善的代表。鲁迅称他是“真正主持公理的脚色”，懂得“利中取大，害中取小”。比起在人世间遭受“苦趣”，人民更愿意看到这个来自阴间的鬼物，因此，对他感到亲近和喜爱也就不难理解了。

在鲁迅的散文中，出现过两个极其精彩的鬼物形象，一个是无常，另一个是女吊。无常是男鬼，女吊是女鬼。鲁迅形容无常“活泼而诙谐”，而女吊是“比别的一切鬼魂更美，更强的鬼魂”。光从这些词汇就能看得出，鲁迅对于鬼的偏爱，有时更胜于人。

他在文章里刻意把鬼和人放置在对立的立场上，对于两者的态度也有很鲜明的差别。对无常是“稔熟”“亲密”的，而对那些冠冕堂皇、高高在上的所谓“绍兴师爷”，鲁迅的态度则明显充满了讥讽。

《无常》中，鲁迅毫不吝惜笔墨地讽刺了那些文士学者或名流，称他们为“模范县人民”，是维持“公理”的“正人君子”。他将自己与“下等人”归为一类，强调：“他们——敝同乡‘下等人’——的许多，活着，苦着，被流言，被反噬。”人们生活在这样一个阳间，对于公平正义彻底失去信心，转而对阴间生发神往，因此才认为“公正的裁判是在阴间”。

鲁迅在这里讽刺的是现代评论派陈西滢主持的教育界公理维持会。陈西滢等人曾怀疑鲁迅的《中国小说史略》抄袭，这些怀疑的声音无疑触及了鲁迅作为文人的尊严和底线。同时，在1925年的北京女师大风潮中，鲁迅坚定地站在进步学生一边，当然就和反对学潮的现代评论派势不两立，也由此引发了他与现代评论派的激烈论争。

文中，鲁迅接着描写了无常在“目连戏”中出场的形象：

> 在许多人期待着恶人的没落的凝望中，他出来了，服饰比画上还简单，不拿铁索，也不带算盘，就是雪白的一条莽汉，粉面朱唇，眉黑如漆，蹙着，不知道是在笑还是在哭。但他一出台就须打一百零八个嚏，同时也放一百零八个屁，这才自述他的履历。

这段文字更直观地向读者展现了无常——一个雪白、粉面朱唇、眉黑如漆的莽汉。鲁迅在此运用了许多笔法上的巧思。比如写无常的表情是蹙着眉，“不知道是在笑还是在哭”，却并不急于点出原因，为下文叙述无常的经历做了铺垫。而描写无常打喷嚏与放屁的行为，虽然略显粗鄙却也充满人味，难怪无常会在一群鬼物中格格不入，“鹤立鸡群”了。

无常自述的履历中提到，自己因同情悲伤的阿嫂，暂放应死之人还阳半刻，却遭到“上司”阎王爷的惩罚。这一情节更加深了他在读者心中的冤苦形象，正因有了这样的经历，才“使他更加蹙紧双眉”。

对于受到的惩罚，无常有什么反应呢？他下定决心，从此毫不留情：

> 那怕你，铜墙铁壁！
> 那怕你，皇亲国戚！
> …………

虽然无常决定不再手下留情，但是百姓依旧不改对他的喜爱，只当他的改变是因为阎王督责的缘故，不是出自本心。当然，除了继续相信和喜爱无常之外，普通平民似乎也没有更好的选择，因为“一切鬼众中，就是他有点人情”，如果人死后都要变成鬼物，自然也只有无常可以亲近了。

写到这里，鲁迅还满怀深情地回忆道：

> 我至今还确凿记得，在故乡时候，和“下等人”一同，常常这样高兴地正视过这鬼而人，理而情，可怖而可爱的无常；而且欣赏他脸上的哭或笑，口头的硬语与谐谈……。

鲁迅在此对无常的形象做了总结和升华：他是“鬼”中之“人”，是虽可怖却可爱的，是人民内心对“理而情”的理想人性的一个美好寄托。

接着，鲁迅笔锋一转，开始谈论迎神赛会上的无常。与“目连戏”中不同，迎神赛会上的无常只有动作，没有语言。人们不仅捉弄无常，让他吃不到食物，还为他强行配了老婆与领来的孩子，这些都是“下等人”的日常。

不过，大家和无常开玩笑却是毫无恶意的，仅仅是因为他爽直，爱发议论，有人情，以至于鲁迅感慨：“要寻真实的朋友，倒还是他妥当。”由此可见，当时社会上的一些人有多么不堪，甚至比不上一个鬼物。

鲁迅自己对中国传统文化和文学中鬼神的偏爱十分明显。他说过，他的灵魂里是有“鬼气”的。从他的大量作品中我们能够读到，鲁迅并不总是光明的，但他仍然充满了战斗的激情，坚持要为下一代人寻找希望，哪怕只能把“铁屋子”的窗户打开一条缝，他也会用尽全力去呐喊。著名学者李欧梵认为，“鬼气”是鲁迅创作的来源之一，不可忽视。

在对无常的描述中，我们可以看到，无常身上的“鬼气”更多的是民间戏曲里的鬼物形象所保留的人情味。对于污浊人间那些不干人事的“正人君子”，鲁迅在文章最后振聋发聩地反讽道：“莫非入冥做了鬼，倒会增加人气的么?”可见，相比之下，还是保留有人情味的无常更可爱啊！

走出小乐园，走向大时代

——读《从百草园到三味书屋》

《朝花夕拾》的前几篇，鲁迅在温情的回忆里夹杂了大量犀利的论战，使得文章内容不断在时空中穿梭，读者随着他时而回到儿时的故乡，时而又来到“百家争鸣”的五四时期。但是《从百草园到三味书屋》则显得不同，这篇散文遣词用句妙趣横生，其间又完全不见刀光剑影，是鲁迅笔下难得的清雅小文。

值得注意的是，《朝花夕拾》中只有这一篇文章的标题运用了一个表达状态变化的句式“从……到……”，以环境的转移来影射心境的变化。百草园里充满了童年的天真无邪，是个趣味盎然的自由天堂，而三味书屋则意味着旧式教育的束缚，走进私塾即是向自在少年告别。

百草园位于鲁迅绍兴老宅的后面，是一个荒废已久的大园子。鲁迅在文章第一段就交代了它“其中似乎确凿只有一些野草”，但紧接着便感慨道：“但那时却是我的乐园。”

周作人也曾在他的文章里面提到，尽管百草园不过就是个菜园，却难得的拥有潇洒之致。和江南的各种名园比起来，他还是觉得百草园式的园子更为有趣。由此可见，兄弟二人小时候在百草园所享受到的快乐是无穷的。

那么，百草园究竟是如何充满趣味的呢？鲁迅在这里贡献了一段堪称现代中国散文里最为经典的描写：

> 不必说碧绿的菜畦，光滑的石井栏，高大的皂荚树，紫红的桑椹；也不必说鸣蝉在树叶里长吟，肥胖的黄蜂伏在菜花上，轻捷的叫天子

> (云雀)忽然从草间直窜向云霄里去了。单是周围的短短的泥墙根一带，就有无限趣味。油蛉在这里低唱，蟋蟀们在这里弹琴。翻开断砖来，有时会遇见蜈蚣；还有斑蝥，倘若用手指按住它的脊梁，便会拍的一声，从后窍喷出一阵烟雾。何首乌藤和木莲藤缠络着，木莲有莲房一般的果实，何首乌有拥肿的根。有人说，何首乌根是有像人形的，吃了便可以成仙，我于是常常拔它起来，牵连不断地拔起来，也曾因此弄坏了泥墙，却从来没有见过有一块根像人样。如果不怕刺，还可以摘到覆盆子，像小珊瑚珠攒成的小球，又酸又甜，色味都比桑椹要好得远。

抛开文学技巧不说，单就感官直觉来看，这段文字就能直接将你带进一个电影长镜头里面。夏日午后微云，南方人家院落，大人们各自忙碌，小孩子就结伴钻到园子里面，一眼先看到碧绿色的菜畦，然后便能发现光滑的石头井栏，旁边是高大的皂荚树，还有挂满紫红色桑葚的桑树。视线还没离开这一片色彩斑斓，耳朵就听到树叶里的蝉鸣声声不停，正四下寻找，却看到黄蜂正静静地伏在脚边的菜花上，而叫天子从眼前一晃而过，窜向了云霄里。

镜头由大全景逐渐聚焦，然后从高处落向低处，又一下直往上去，画面既鲜艳明朗，又富于节奏动感。可孩子们的注意力很快从这些上面离开。他们才不会像成年人，面对这一切发出“久在樊笼里，复得返自然”的感慨，他们更喜欢把自己丢进泥巴土里，和里面的昆虫、植株融为一体。

油蛉和蟋蟀的聒噪只当是在弹琴唱歌，蜈蚣和斑蝥也不恶心，还要用手戳一下。何首乌藤和木莲藤像是两个缠络在一起的朋友，彼此难分离。这熟悉的一切在小孩子眼里，全是可爱的玩伴，没有物种的分别。黄蜂肥胖，叫天子轻捷，何首乌的根臃肿，最棒的是覆盆子，外形精巧，口感酸甜，更重要的是，只要不怕刺，伸手就能摘到。

鲁迅笔下这短短两百多字的描写，层次井然，条理分明，整体上由静写到动，局部又由动写到静，不仅调动了视觉、听觉、触觉和味觉，而且比喻、拟人、排比的修辞手法也是信手拈来，用儿童看世界的视角，尽叙不同事物的独特细节，将一座活的百草园剖给所有人看。

除了和小伙伴一起玩耍，百草园的有趣还和保姆长妈妈的故事密不可分。在长妈妈的故事里，美女蛇会勾魂吃人肉，老和尚能宝盒收妖蛇，这样的传说为百草园蒙上了一层神秘的面纱。当然，冬天的娱乐活动——捕鸟，也是鲁迅关于百草园充满人情的美好回忆。

走出百草园，鲁迅便带着我们走向了三味书屋，他在那里度过了六年学习时光。

此处，他用了一个德语单词“Ade”，意思是“别了，再见”。鲁迅曾在日本留学期间自学德语，他所阅读的欧洲文学作品和哲学著作大多是德文版的。因此，当他写出“Ade，我的蟋蟀们！Ade，我的覆盆子们和木莲们!”这两句中德掺杂的道别语时，童年迅哥儿和成年鲁迅的灵魂在这里合而为一了。

初读《从百草园到三味书屋》，我们会发现，百草园的精彩，是只有小孩子的眼睛才能看见的美好。但若再细读几遍，竟也能体味到一丝成年人的惆怅感。

荒废的百草园无人打理，园中的动物、植物却都能自然生长，连泥墙根、石井台也安然存在着，而当时的鲁迅身处于动荡的时局之中，却寻不到片刻自由宁静的时光，因而才怀着满腔温情，把童年故乡的荒园，镀上了一层记忆的柔光。在这种情境下，他描写百草园的趣味盎然，很大程度上是在给自己芜杂、寂寞的心里，也投影一个属于迅哥儿的“伊甸园”，向记忆中寻求一抹安逸和一丝安慰。

> 出门向东，不上半里，走过一道石桥，便是我的先生的家了。从一扇黑油的竹门进去，第三间是书房。

这里鲁迅运用移步换景的手法，我们便随着他的视角，和他一起重走了一趟上学的路。

三味书屋是和别的私塾不甚相同的学堂。匾上的名字很特别，根据书屋主人寿先生的后人解释，“三味”的含义即“布衣暖，菜根香，诗书滋味长”。寿先生希望自己的学生读书要为关照百姓衣食，而不是当官发财。书屋两旁的屋柱上有一副抱对：“至乐无声唯孝悌；太羹有味是诗书。”出处应是宋代大藏书家李淑所编《邯郸书目》：“诗书味之太羹，史为折俎，子为醯醢，是为三味。”

另外，学生行礼也不拜高高在上的孔子，而是对着匾和“一只很肥大的梅花鹿”。由于梅花鹿大多长寿，古时就有表长寿的吉祥寓意，因此，这里便是取了福、禄、寿的谐音，是很贴近日常生活的世俗愿望。

学生第二次行礼时，先生便出场了。我们看到了“一个高而瘦的老人，须发都花白了，还戴着大眼镜”。寿先生是一个典型的知识分子，却并不十分刻板。尤其是当鲁迅问他关于“怪哉”虫的问题时，他似乎不高兴了，带着怒气，却没有过分地责罚学生。而且，他对鲁迅的严厉也只不过在于最初几天，后来便好起来了。

课堂上，先生和学生们一起念书，尽管人声鼎沸，却是各读各的。当学生们活泼、调皮的朗读声渐渐消失时，寿先生仍旧沉浸在他的世界里：

> “铁如意，指挥倜傥，一座皆惊呢～～；金叵罗，颠倒淋漓噫，千杯未醉嗬～～……。”
>
> 我疑心这是极好的文章，因为读到这里，他总是微笑起来，而且将头仰起，摇着，向后面拗过去，拗过去。

这里，鲁迅仍然是以孩子的视角在观察和描写寿先生的语言、动作、神态，通过几个语气词“呢”“噫”“嗬”的运用，寿先生略带方言腔调、摇头晃脑的沉醉神态跃然纸上。至于学生们在底下做游戏、画画儿，他可能是睁一只眼闭一只眼，也可能真的并未察觉吧。

从百草园的天然世界，到三味书屋的功名世界，一出一进，正是童年鲁迅开始成长的标志。不过，在书塾枯燥的学习生涯中，仍未完全褪去天真的少年还是从中发现了属于孩子的乐趣，寻蝉蜕、捉苍蝇、喂蚂蚁……又因为严厉而不失可爱的寿先生，使得百草园的童趣得以延续，保留了一份纯真美好。

结尾处，鲁迅还埋了一个伏笔，即他把自己画的《荡寇志》《西游记》的绣像卖给了有钱的同窗，这正是周家家道中落的暗示。实际上，在鲁迅进入三味书屋学习后不久，祖父遭难，他就被安排到外祖母和舅父家避难，《荡寇志》《西游记》的绣像就是在那时候完成的。

从百草园到三味书屋，不仅仅是鲁迅从懵懂孩童入学堂学习的转变，也是鲁迅人生从恣意洒脱到饱尝世态炎凉的一次更深层次的转折。这一转折的背后，是时代的洪流汹涌而至，无人能够幸免。家庭条件优越的鲁迅如此，普通人或是贫苦人民更是被裹挟着向前，难以挣扎脱身。在这种情境下，鲁迅还能用活泼明亮的语言回忆自己童年时代的小乐园，写下那份纯真，实在令人动容。

庸医害命，庸人误国

——读《父亲的病》

从十二岁到十三岁，鲁迅的生活发生了翻天覆地的变化。在一场家庭变故中，幼年鲁迅的调皮、稚嫩迅速褪去，取而代之的是生活的磨难赋予他的深沉和果决。

1893 年秋，鲁迅的曾祖母过世。按照旧时丁忧制度，在京当官的祖父周介孚便辞官回家奔丧。丧事办完后，祖父受同族亲戚之托去了一趟苏州，预备向科举考试的主考官买通关节，助儿子和几个族中亲友考取举人。事情没有办成，却因此酿成大祸。

科举是古代国家选拔人才的重要途径，科场舞弊动辄牵连众多，按律要判死罪。行贿事败，祖父周介孚很快下狱，父亲周伯宜也受到牵连，被革去了秀才，整个周家的社会地位急速下降。为帮狱中祖父疏通关系，家里钱财散了大半，巨大的打击之下，父亲在第二年冬天便病倒了。

《父亲的病》写的就是鲁迅作为家中长子，为父亲治病奔波周旋于成人世界，一直到父亲去世的三年旧事。

文章开头，鲁迅用了很大篇幅写了第一位给父亲看病的名医的荒诞传奇。这位 S 城的姚姓名医有一次出了趟夜间急诊，收取了病家一百元诊金，可他的医术却“廉价”得多，最后竟因误诊出了人命。当时的一百元英洋大概相当于今天超过两万元人民币，是一笔巨款。所以病家也不会这么放过他，又把他找回去善后。结果，医生装模作样地开了张支票“药方”，赔两百元英洋就把事了了。人命关天，却搞得像一场闹剧。这则看似无关紧要的故事，其实已为下文埋下伏笔。

鲁迅曾和这位名医周旋了两年，因为他每隔一日要去给父亲看病。诊金是每次一元四角，光诊费一个月就超过二十元。要知道，在清末一个人的生活费每月只需要几元钱。因此，在这位名医手里看两年病，几乎掏空了周家仅剩的家底。

除了诊金出奇昂贵，这位名医的另一大特色就是用药与众不同，尤其是药引：

> “生姜”两片，竹叶十片去尖，他是不用的了。起码是芦根，须到河边去掘；一到经霜三年的甘蔗，便至少也得搜寻两三天。

对于名医的用药，鲁迅起初是相信的，“虽然并不了然，但也十分佩服”，两人甚至差一点成了朋友。可父亲的病就这么治了两年，却丝毫不见好转，甚至更加沉重了：

> 父亲的水肿是逐日利害，将要不能起床；我对于经霜三年的甘蔗之流也逐渐失了信仰，采办药引似乎再没有先前一般踊跃了。

鲁迅态度的明显转变，说明当时他已经意识到，所谓“名医”不过是骗人骗财，再结合文章开头的那桩医疗事故，可见误诊也是这位名医的“特色”之一。

但既然是名医，气度总还是大的。他极其诚恳地“自谦”学识用尽，又“慷慨”介绍另一位名医陈莲河来看诊。这招金蝉脱壳的无耻程度，和支票“药方”异曲同工。

可这样的名医推荐的人，难道还能信赖吗？对于周家来说，这是无可奈何的，因为“本城的名医，除他之外，实在也只有一个陈莲河了”。

陈医生和姚医生到底谁医术更高明，这件事不好判断，但是陈医生用药更吊诡却是事实。比如：

> 芦根和经霜三年的甘蔗，他就从来没有用过。最平常的是“蟋蟀一对”，旁注小字道：“要原配，即本在一窠中者。”似乎昆虫也要贞

> 节，续弦或再醮，连做药资格也丧失了。

这位陈医生要求入药的蟋蟀不仅要一对，还得是原配。也就是说，必须得是“夫妻”，还不能是“小妾”，连“再婚”也不行。要让人去辨识蟋蟀是否原配，这是何等滑稽的要求，凭鲁迅的聪明才智，一下就发现了其中的荒唐。

这里，鲁迅在少年的回忆中引入了成年的反思。所谓“贞节”原本就是旧礼教中的伪道德，和裹小脚一样是对女性的严重歧视和伤害。今天我们提倡男女平权，是社会文明进步的一大体现。而鲁迅在一个世纪前，就毫不留情地对“节烈观”进行了驳斥，他暗暗指出“活活地掷入沸汤”就是坚持节烈的人们的悲惨下场，这在清末确实是非常先进的思想观念。

除了胡说八道的药引，陈医生开的药方也一样不可理喻：

> 还有一种特别的丸药：败鼓皮丸。这“败鼓皮丸”就是用打破的旧鼓皮做成；水肿一名鼓胀，一用打破的鼓皮自然就可以克伏他。

医学是科学，治病理应根据科学行事。但当时民间被追捧的名医开的药方却只以谐音、谐意治病，甚至还求诸命理学，简直扑朔迷离，荒谬至极。

此时，连父亲也认为医治无望，几次拒绝了医生的诊治方案。鲁迅在文中以同样的笔调重复了两遍：“我父亲深思了一会，摇摇头。”也有可能，父亲是从心里认定了自己将死的现实。

至此，文章进入了最后的高潮。鲁迅先用十分简短的一句话交代了父亲的病况：“父亲终于躺在床上喘气了。”紧接着是一长段内心描写：

> 父亲的喘气颇长久，连我也听得很吃力，然而谁也不能帮助他。我有时竟至于电光一闪似的想道：“还是快一点喘完了罢……。”立刻觉得这思想就不该，就是犯了罪；但同时又觉得这思想实在是正当的，我很爱我的父亲。便是现在，也还是这样想。

这里，鲁迅对父亲的感情表现得很复杂，是理性和感性的一场斗争。感情上舍不得父亲撒手人寰，理智上又不希望父亲死前遭受太大的痛苦。他认为，这正是他爱父亲的体现。

文章结尾，在衍太太的张罗下，全家开始给父亲准备后事。父亲咽气前，衍太太还教“我”大声喊叫，吵得父亲不能平静。

> “叫呀，你父亲要断气了。快叫呀！”衍太太说。
>
> “父亲！父亲！”我就叫起来。
>
> “大声！他听不见。还不快叫?!”
>
> “父亲!!! 父亲!!!”
>
> 他已经平静下去的脸，忽然紧张了，将眼微微一睁，仿佛有一些苦痛。
>
> “叫呀！快叫呀！”她催促说。
>
> “父亲!!!”
>
> “什么呢？……不要嚷。……不……。”他低低地说，又较急地喘着气，好一会，这才复了原状，平静下去了。
>
> “父亲!!!”我还叫他，一直到他咽了气。

这种情况下，究竟是遵从礼节继续喊叫，还是选择违背礼俗遵循内心？当时的鲁迅选择了前者。父亲在他接连不断的大声喊叫中离开了人世。对于这件事，他后来久久不能释怀：

> 我现在还听到那时的自己的这声音，每听到时，就觉得这却是我对于父亲的最大的错处。

最后这句话，鲁迅是用否定自己来表达对父亲深沉的爱。虽然没有再用到感叹号，却是标在全文末尾的一个隐形感叹号，是鲁迅对父亲情感的爆发，非常具有冲击力。

《父亲的病》这篇文章，鲁迅实际上写出了两个重要事实。

其一，在清末的时局动荡中，民间有大量打着名医幌子行骗的江湖庸医，他们利用民众笃信传统的心理，行医害命，使非常多和鲁迅父亲一样的病人得不到良好的救治。因为父亲被庸医误诊，鲁迅终生不信中医，不看中医。后来，他去日本留学，选择学习西医，也是因为父亲的遭遇，令他下决心要学成回来，救治更多和父亲一样的国人。

其二，鲁迅和父亲之间并不只有隔阂，他与父亲的关系，就像所有典型的中式父子关系一样，表面上疏远，内心又热切地爱着对方。父亲要求“我”在去看赛会前先背书，实际是教导“我”不要因为贪恋不入流的鬼神表演而耽误了正经的学业，是为爱“我”；父亲生病的两三年里，“我”几乎每天要帮父亲买药、寻药引，还要出入当铺、迎送医生，终日看人脸色，直到父亲去世，“我”还悔恨自己给了他生命最后的伤害，是为爱他。

三十多年后，鲁迅患上肺结核，同样遭遇了误诊，最终也在喘不上气的病症中离开了人世。父子俩临终前的境况相似度之高令人唏嘘，巧合得就像是命运对鲁迅开了一个玩笑。

值得注意的是，在交代父亲临终情形时，鲁迅有一段成年视角的表态：

> 中西的思想确乎有一点不同。听说中国的孝子们，一到将要“罪孽深重祸延父母”的时候，就买几斤人参，煎汤灌下去，希望父母多喘几天气，即使半天也好。我的一位教医学的先生却教给我医生的职务道：可医的应该给他医治，不可医的应该给他死得没有痛苦。——但这先生自然是西医。

这段话中，鲁迅一方面要表达的是医生应具备基本的人道主义关怀，中国的人伦礼教同样应尊重个体的生命尊严；另一方面此处也和整个结尾高潮的一语双关暗和上了。

阅读《父亲的病》的结尾，会发现这些文字不太像散文的笔法，而更带有小说的风格。从周作人后来的回忆文章里，可以找到一些证据印证这一猜测。陈莲河医生是确有其人，本名何廉臣，鲁迅故意在文章中颠倒他的名字发音，很可能就是把虚构和现实剥离的线索。另外，周作人也提到，父亲走之前，“临了也叫了两声，听见他不答应，大家就哭起来了”。况且按礼节，人死前夜，到场送终的“只限于平辈和后辈的亲人，上辈的人决没有在场的”。衍太太“于伯宜公是同曾祖的叔母”，所以根本不可能到场，因而真实中也没有发生“我对于父亲的最大的错处”。

那么，鲁迅为什么要刻意渲染这样一种文学性的高潮呢？有专家学者就认为，鲁迅在这篇文章中，其实是想借“父亲的病”比喻中国当时积弊丛生的现实，他是在用父亲病重隐喻清朝末期国家岌岌可危。当时，各路“名医”给病入膏肓的国家开出了各种“药方”，但大多数都不靠谱，最后，可能还没轮到真正的病症发作，这些错误、荒唐的救治方法就已经要了国家的命。

面对“不可医”的国家和旧文化，鲁迅认为，还是应该果断让它们“死得没有痛苦”，他始终坚信希望是在于新的、下一代的，至于情感上的那一点愧疚和不舍，在庸人误国面前，哪里还值得一提？

转折与出路

——读《琐记》

从时间脉络来看，《朝花夕拾》最后几篇的行文线索十分清晰，比如《父亲的病》是鲁迅家道中落的开端，《琐记》主要讲述父亲去世后鲁迅的求学经历，下一篇《藤野先生》则记录了鲁迅在日本留学期间的往事。

其中，《琐记》的时间跨度是比较大的。从1897年父亲去世，一直到1902年前往日本，这五六年间鲁迅在生活和思想上的重要转变，都被整理到这一篇文章中了。《琐记》看似字字着墨于个人，却句句暗含时局风云，是我们了解鲁迅成长经历的重要回忆文章。

《琐记》的开头，衍太太的出场衔接着《父亲的病》最后一幕。父亲临终时，是衍太太的张罗和指挥让"我"对父亲留下了终生的遗憾，因而鲁迅顺势要把衍太太的为人向读者做一个更详细的交代。

衍太太是周家大家族里的一个长辈亲戚，按辈分应该和鲁迅的祖父一辈，但年纪没那么大，"只有一个儿子比我大三四岁"。

一开始，年幼的鲁迅对衍太太的印象极佳。因为她对别家的孩子很好，"无论闹出什么乱子来，也决不去告诉各人的父母"。比如，冬天孩子们吃水缸里的薄冰，她不劝阻，反而笑着劝大家比赛谁吃得多；孩子们比赛打旋子，她也不劝阻，还帮着数圈数；孩子们调皮受了伤，她见到也不责骂，立刻帮孩子上药。

然而，这些都是表面功夫。一旦有其他家长在场，衍太太就会变出一副正儿八经的长辈样子，和他们一起数落孩子，可见，对孩子她是丝毫都没有同情心的。

此外，鲁迅还提到了两件事，这才是他讨厌衍太太的真正原因。一是在他还小的时候，衍太太就用少儿不宜的书籍内容调侃他，看到他表现出不高兴，自己反而大笑起来；二是父亲去世之后，衍太太一边怂恿他去偷母亲的钱和首饰，一边到处散布他已经偷了家里东西去变卖的流言，最后流言传得满城风雨。

尽管后来周作人在回忆文章里为衍太太正名，说“鲁迅在《朝花夕拾》里请她出来，无非是想让她做小说里的恶人，写出她的阴险行为来”，但鲁迅这么写，其实是有他的用意的。

如果把衍太太看作同乡人的代表，那么从文章开头的叙述中，不难想象鲁迅当时在家乡的艰难处境：随着祖父入狱、父亲病故，他遭遇了人生第一次重大转折，失去主心骨的周家迅速走向衰落，身边的亲戚朋友还不断地落井下石。因此，他在《呐喊·自序》里感慨道：

> 有谁从小康人家而坠入困顿的么，我以为在这途路中，大概可以看见世人的真面目。

随着家境衰落而来的人情冷暖，对于自尊心极强的鲁迅来说，是不可忍受的精神屈辱，这也是他不顾一切，决心逃离故土和旧式生活的根本原因。

> 好。那么，走罢！

一个刚刚成年的年轻人，要远离母亲，背井离乡去求学，可能需要很大的勇气，但鲁迅却并不纠结。他只用了轻松的五个字，就与过去的生活告别了。

从绍兴来到南京，青年鲁迅的人生从此找到了新的出路，他的思想观念、人生选择也在这段经历中逐渐形成，并最终走向成熟。

之所以选择前往南京，是因为南京的新式学堂不需要学费，这是当时家境窘迫的鲁迅最好的去处。

鲁迅进的第一所学校被称为雷电学堂，听名字就很荒唐。实际上，鲁迅对这所学校也不满意，他感慨这里功课简单无聊，学生傲慢无礼。不过，从这一部分开始，鲁迅幽默、俏皮的文字风格又回来了：

> 不但上讲堂时挟着一堆厚而且大的洋书，气昂昂地走着，……便是空着手，也一定将肘弯撑开，像一只螃蟹……

顺便，他又插嘴了一句闲话：

> 前四五年，竟在教育部的破脚躺椅上，发见了这姿势，然而这位老爷却并非雷电学堂出身的，可见螃蟹态度，在中国也颇普遍。

这又是我们极为熟悉的鲁迅风格了，既一语道出高年级学生横行霸道的形象，又刻薄地讽刺了教育部官员装模作样的表面功夫。鲁迅本人曾在教育部当了多年公务员，因此才能这么活灵活现地复刻他们的傲慢举止。

> 可爱的是桅杆。……人如果爬到顶，便可以近看狮子山，远眺莫愁湖，——但究竟是否真可以眺得那么远，我现在可委实有点记不清楚了。而且不危险，下面张着网，即使跌下来，也不过如一条小鱼落在网子里；况且自从张网以后，听说也还没有人曾经跌下来。

这一段记录轻松有趣。当同学们都忙着背英语、诵古文的时候，鲁迅却在钻研学校的桅杆到底有多高，人跌下来会不会摔死，还有学校此前的游泳池曾淹死过两个学生，每年七月十五是如何做法事的。我们似乎又看到了童年时期那个天真叛逆的迅哥儿。

事实上，鲁迅就读的这所学校并不是什么雷电学堂，而是江南水师学堂，是清政府为了发展海军力量开办的军事学校。后来，周作人也就读于此，学习海军管理，毕业后考取官费留学日本。

不过，好好的西式学堂，却偏要做法事超度亡魂，搞得不中不洋，不伦不类，可不就是“乌烟瘴气”吗？因此，鲁迅在江南水师学堂只待了大概半年，就转到了江南陆师学堂附属矿路学堂。

同样是教授新学的学校，矿路学堂的整体风气就开化得多。其课程包括中文、德语、格致（物理化学）、地质学、矿物学等，“都非常新鲜”。校长的观念也十分开明，受他影响，全校都盛行看新书的风气，《时务报》《译学汇编》这类传播新思想、新文化的报刊书籍，在校内都能随便翻阅。

在矿路学堂求学期间，鲁迅大量涉猎了新学的书籍知识，也会用考试所得的奖学金买小说看。当时的鲁迅不仅学习成绩拔尖，还酷爱骑马，无论是思想上还是生活上，那都是一段潇洒、畅快的美好时光。

同时，他还在此接触到了一本在中国近现代史上有着重要启蒙意义的书——严复用文言文翻译的英国生物学家赫胥黎的《天演论》。

严复被认为是清朝末期精通西学、介绍近世思想的第一人，他翻译的《天演论》今天一般译作《进化论与伦理学》。原作者赫胥黎在书中详细介绍并坚决捍卫了达尔文的生物进化论。“物竞天择，适者生存”“优胜劣汰”这些耳熟能详的词句，都出自严复对赫胥黎著作的翻译。

严复在翻译《天演论》的时候，并不是单纯地逐句翻译，还加入了大量的观点评注，形成了独特的译文风格。书中不仅涉及苏格拉底、柏拉图、斯多亚等古希腊哲学家的思想，还提到了社会学家斯宾塞的学说，以及经济学家亚当·斯密的理论，同时还有老子、庄子、孟子、墨子等诸多中国古代思想家的观点，可谓纵论中西，横贯古今。《天演论》为青年鲁迅打开了一扇通向西方文明、现代思想的窗户，也点醒了他儿时对传统窠臼朦胧的反抗意识。

矿路学堂的求学经历直接促使鲁迅走上了留学之路。就这样，这位不愿意随大流生活的青年，把对人生、对国家、对时代的理解打包进自己的背囊，选择了一趟更远的求知之路。

文章末尾，鲁迅显然打算将《琐记》轻松的风格贯彻到底。他提到自己即将前往日本时，咨询过一位曾游历日本的前辈，并根据他的建议“将钱都在上海换了日本的银元，还带了十双中国袜”。

不过，这些过后却被证实为无用功，因为“一元的银圆日本早已废置不用了”，只好赔钱换了半元的银圆和纸票，而中国袜对于日本的制服和皮鞋也没有任何用处。周作人后来在回忆录中也提到，日本的袜子是足趾分开的，十分方便。因此，这一番准备也就完全白费了。

读这结尾时，荒诞感扑面而来，细思之下却又感到真实得可悲。当时的很多青年人准备到国外学习，找寻济世良方，却仍旧不肯放下天朝上国的“骄傲”心理，仍旧觉得中国连袜子都比日本的好。任何道路都在脚下，试问如此眼高于顶，又怎么能看得到中国的出路呢？

所幸的是，仍有许多像鲁迅一般清醒的知识分子在呐喊着，奔走着。正是由于他们“上穷碧落下黄泉”的奔走和求索，才真的走出了一条通往今天的路。

从周树人到鲁迅

——读《藤野先生》

对于鲁迅来说，弃医从文是他人生道路上最重要的转折点之一。在《父亲的病》中，鲁迅表达了他对父亲的爱和对庸医害人的憎，这是促使他走上学医之路的原初动力，而《藤野先生》一文，则详细交代了鲁迅在弃医从文前后的心理变化。

《藤野先生》开篇，鲁迅写到自己对东京的第一印象是上野公园的樱花时节，总有成群结队的“清国留学生”在樱花树下，样子十分滑稽：

> 头顶上盘着大辫子，顶得学生制帽的顶上高高耸起，形成一座富士山。也有解散辫子，盘得平的，除下帽来，油光可鉴，宛如小姑娘的发髻一般，还要将脖子扭几扭。实在标致极了。

刚到日本留学时，鲁迅就果断剪掉了辫子。因此，对那些还留着辫子的中国人，难免有些鄙薄。在此，“辫子”代表的当然远不止辫子本身，它是满族入关后对汉民族实施侵略统治的历史烙印。同时，也是封建旧礼俗的象征。对于这样的民族耻辱和文化糟粕，鲁迅必然是坚决地与之割裂的。

为了躲避那些浮夸喧哗的清朝留学生，鲁迅选择前往当时还没有中国人的仙台。他在那里的医学专门学校学习西医，并结识了恩师藤野先生。藤野先生的出场显得平平无奇：

> 其时进来的是一个黑瘦的先生，八字须，戴着眼镜，挟着一叠大大小小的书。一将书放在讲台上，便用了缓慢而很有顿挫的声调，向

学生介绍自己道：

“我就是叫作藤野严九郎的……。”

后面有几个人笑起来了。……

藤野严九郎是日本福井县人，1896 年从爱知县医学专门学校毕业，留校任教，1901 年转到仙台医专做讲师。鲁迅到仙台时，他刚刚升任教授。

藤野先生的自我介绍一结束，坐在后排的留级学生们就发出了笑声。据说他曾因衣着寒酸而被列车员错当作扒手，闹出了乌龙。这个细节一经暴露，就注定藤野先生的形象不是高高在上的学究，而是个“接地气”的教授。况且，他说起话来又“缓慢而顿挫”，很符合中国传统文人的气质。这可能是鲁迅最早对他感到亲近的原因之一。

《从百草园到三味书屋》里，鲁迅曾写到中国私塾里的师生关系存在明显的等级界限，师者为尊，学生只能顺服，历来遵从的都是严师出高徒，寿先生就是个典型。而藤野先生却是十分亲和、没有距离感的。如果当年鲁迅把关于“怪哉”虫的疑问讲给藤野先生听，恐怕他会很愿意与学生探讨一番吧！

当时，鲁迅作为班上唯一的中国留学生，藤野先生常常把他单独叫到研究室，帮他检查课堂讲义，并亲自用红笔修改讲义中的错处，“不但增加了许多脱漏的地方，连文法的错误，也都一一订正”。

藤野先生主动帮助鲁迅批改讲义的行为一直持续到鲁迅学完所有他教学的课程。连鲁迅把一根血管画得位置稍有偏离，他也要特意指出：“解剖图不是美术，实物是那么样的，我们没法改换它。现在我给你改好了，以后你要全照着黑板上那样的画。”

可见，藤野先生不仅富于学识和耐心，同时严谨而温和。只是当时的鲁迅并没有把老师的教诲放在心上：

我还不服气，口头答应着，心里却想道：

“图还是我画的不错；至于实在的情形，我心里自然记得的。”

从小成长在传统士绅家族的鲁迅，生活里并没有遇到过像藤野先生这样的师长，鲁迅的身上依然有童年那个叛逆迅哥儿的影子，对于权威总是萌生抵触心理，因而学习成绩也并不十分突出，“同学一百余人之中，我在中间，不过是没有落第”。

不过，藤野先生对他的关怀还是在潜移默化地影响着他。求学途中能遇到这样的老师，实在是鲁迅的幸运。然而，鲁迅的学医生涯却只维持了不到两年的时间。1906 年 3 月，鲁迅便从仙台医专退学了。

促成他退学的主要有两件事。

一是同班的日本同学诬陷他考试作弊。

有天鲁迅收到一封匿名信，称藤野先生在讲义上替他做了记号，是“预先知道的，所以能有这样的成绩”。尽管这件事后来被查清是无中生有，但对于无辜受到侮蔑，鲁迅内心的怨愤无法轻易平复。在这件事上，他认为正是孱弱的国家命运导致中国人在外备受欺辱，他愤慨道：

> 中国是弱国，所以中国人当然是低能儿，分数在六十分以上，便不是自己的能力了……

第二件事便是幻灯片事件。在《呐喊·自序》中鲁迅就提及此事，而在《藤野先生》里，他又详细地讲述了一遍，由此推测，幻灯片事件对他的影响是很重大的。

其中有个细节，《呐喊·自序》中鲁迅说被抓的中国人最后是被“砍头”了，但这里写的却是被“枪毙”了。因此就有质疑的声音，认为这是鲁迅凭空编造出来的情节：

> 但我接着便有参观枪毙中国人的命运了。第二年添教霉菌学，细菌的形状是全用电影来显示的，一段落已完而还没有到下课的时候，便影几片时事的片子，自然都是日本战胜俄国的情形。但偏有中国人夹在里边：给俄国人做侦探，被日本军捕获，要枪毙了，围着看的也是一群中国人；在讲堂里的还有一个我。

后来有学者对此专门做过一系列考证，结果并没有找到那张幻灯片。但在当年的报纸上的确有不少关于中国人被砍头的新闻照片，画面上也确实有麻木不仁的同胞看客围观。所以，幻灯片事件不能说是虚构，很有可能是鲁迅的记忆有误，中国人围观同胞受辱确有其事，这样的现实深深地刺激了鲁迅。

鲁迅到日本后，之所以选择学医，本是想要靠现代医学救治像他父亲一样的病人的疾苦。但遭遇了这两件事，鲁迅发现医学也无法拯救病入膏肓的中国，他只能另辟蹊径。

由此，在第二学年结束时，鲁迅去向藤野先生辞行。藤野先生并没有挽留他，只是“脸色仿佛有些悲哀”。也许藤野先生明白，这是鲁迅在大时代背景下的必然抉择。

临别时，藤野先生送了一张自己的照片给鲁迅，后面写着“惜别”两个字，还嘱咐鲁迅要给他去信、寄照片。但鲁迅却是一去从此音讯全无。

如果运用文学中以小见大的手法，来回顾青年鲁迅人生里的几次遭遇，不难发现，无论是祖父下狱还是父亲病故，无不是和时代命运相关联的。清末国家羸弱，社会制度崩塌，统治阶级极力维护自身的利益，置百姓于不顾。这些都是小人物无法摆脱的命运。

但鲁迅在这些遭遇面前，没有随波逐流，而是果断地进行了抉择。从少年时代在家乡受到冷眼和流言，到在国外被日本同学怀疑、嘲讽，每一次，鲁迅都在个人的屈辱和民族、国家的屈辱当中，选择不动声色地反思，态度坚决地抗争，逃离旧的制度、文化、精神困境，选择新的思想、知识、奋斗目标。因为他深知：国家的改变如果不从小处、从个人入手，又谈何民族崛起、国家复兴呢？

可以说，鲁迅个人对于屈辱格外敏感，时代造成的种种屈辱，正是他人生的推动力。

在这个过程中，来自藤野先生的关爱和鼓励，成了激励鲁迅前进的重要动力。在文章中，鲁迅提到：藤野先生改正过的讲义，一直跟随他回到国内，从南京又带到北京，直到 1919 年搬家途中不幸遗失；藤野先生的照片则一直挂在他北京寓所的东墙上。

在《藤野先生》的结尾，他写道：

> 但不知怎地，我总还时时记起他，在我所认为我师的之中，他是最使我感激，给我鼓励的一个。有时我常常想：他的对于我的热心的希望，不倦的教诲，小而言之，是为中国，就是希望中国有新的医学；大而言之，是为学术，就是希望新的医学传到中国去。他的性格，在我的眼里和心里是伟大的，虽然他的姓名并不为许多人所知道。

从这段话中，我们可以读到，鲁迅感激于藤野先生的教诲，折服于他的人格魅力。尽管分别后再无联络，鲁迅仍在心里惦念这位曾经的师长。

但鲁迅又特意强调了另一件事，是值得读者深思的。他认为藤野先生对他的希望，不仅是对他个人，“小而言之，是为中国”“大而言之，是为学术”的。为中国，是“希望中国有新的医学”；为学术，是“希望新的医学传到中国去”。

两句看似重复的话里面，实际上，鲁迅提出了一个非常宏大的问题，也就是学术和国家之间的关系：学医是为了改变国家衰弱的境况，还是为了更好地推动医学的发展？

鲁迅认为，藤野先生是一位内心怀抱更广阔志向的学者，这正是藤野先生的伟大之处，他不因民族矛盾杜绝学术思想的传播，反而希望新的医学能够改变中国的现状。而“小而言之，是为中国”“大而言之，是为学术”的“小”“大”之比较，也恰好说明了鲁迅对于二者的立场和态度，仅凭新的医学救不了中国，必得另觅良方，先完成民族独立、国家复兴的任务，才有为学术提供发展空间的可能性。

弃医从文之后，周树人真正成为鲁迅。

孤独者的自画像

——读《范爱农》

《朝花夕拾》的最后一篇《范爱农》，是鲁迅为怀念故去友人范爱农而写的文章。范爱农其人是一个名不见经传的小人物，在清末民初的乱世中，只如一片鸿毛般浮沉，但鲁迅十分看重这位朋友，因而留下了他笔下文人之交的名篇。他和故友范爱农之间，由相识到相知，最后阴阳两隔，实在是一支时代声浪之下，惺惺相惜的理想主义者的悲歌。

《范爱农》的开篇，鲁迅先是交代了一起清末轰动一时的革命党人刺杀事件。时任安徽武备学堂副总办、巡警处会办的徐锡麟，同时也是反清光复会的主要负责人，成功刺杀了安徽巡抚恩铭。但因寡不敌众，最终起义失败，徐锡麟在安庆被捕，“被挖了心，给恩铭的亲兵炒食净尽”。之后，和他同谋起义的女革命党人秋瑾也在绍兴被残忍杀害。

清廷的封疆大吏光天化日下遭刺杀，这一重磅消息很快就由日本报刊登载，事件详情也传到了中国留学生中间。得知革命志士死状如此凄惨，留学生们感到义愤填膺。大家组织了一场同乡会，“吊烈士，骂满洲”。会上，有人提议给满政府发电报，痛斥其惨无人道的行径：

> 会众即刻分成两派：一派要发电，一派不要发。我是主张发电的，但当我说出之后，即有一种钝滞的声音跟着起来：
>
> “杀的杀掉了，死的死掉了，还发什么屁电报呢。”

范爱农这位文章的主角这时才亮相。他的出场伴随着格格不入的话语，引起了“我”的注意：

这是一个高大身材，长头发，眼球白多黑少的人，看人总像在渺视。他蹲在席子上，我发言大抵就反对……

光从范爱农的外表和语气就能感受到他的不可一世。知道这是徐锡麟的学生之后，鲁迅感到了极大的愤怒，“觉得他简直不是人，自己的先生被杀了，连打一个电报还害怕”。两个人针锋相对，互不示弱。

范爱农本就看不上这些同乡的“马后炮”，他清醒地意识到，革命先驱用死换来的不过是人们凭空发表的激烈宣言，看起来是一腔热血，实际上不过是头脑发昏。

鲁迅则断定范爱农就是个冷血而且天下第一可恶的人，认为“中国不革命则已，要革命，首先就必须将范爱农除去”。

就是这样两个个性极其鲜明的文人，在发电报事件中因立场不同产生了分歧。后来，两个人都回到国内，在绍兴的饭局上偶遇，他们很快认出了彼此。

仅仅三四年时间，范爱农有了很大的变化，从前的傲气褪去了，头上有了白发，“穿着很旧的布马褂，破布鞋，显得很寒素”。据他自己说，是“受着轻蔑，排斥，迫害，几乎无地可容”，只能躲在乡下，教小学生糊口。

也许是时间冲淡了此前不愉快的记忆，也许是鲁迅从范爱农身上看到了自己离家前受冷眼和侮蔑的遭遇，两人在酒局上都笑了起来，“是互相的嘲笑和悲哀”。

此后，鲁迅和范爱农的友谊也渐渐深厚起来。他们常常约着喝酒，酒后便批评时局，感慨世事，畅谈心中的理想抱负。别人听来都是些“愚不可及的疯话”，但在他们却是酒逢知己，心有灵犀，彼此间越发感到志同道合，这样的性情颇有些魏晋风骨。

交情深了之后，鲁迅问起在日本范爱农与他针锋相对的缘由。

“那一天你专门反对我，而且故意似的，究竟是什么缘故呢？”

“你还不知道？我一向就讨厌你的，——不但我，我们。”

> “你那时之前，早知道我是谁么？”
>
> “怎么不知道。我们到横滨，来接的不就是子英和你么？你看不起我们，摇摇头，你自己还记得么？”

原来，范爱农对鲁迅的“偏见”早在七八年前两人第一次见面时就留下了。

范爱农说的“你看不起我们，摇摇头”，从鲁迅的回忆可知，实际上有两次。

一次是在码头口岸，鲁迅和同学陈名濬（字子英）去接范爱农一行十来个人。鲁迅看到税关的官吏不知从谁的行李箱里翻出了一双绣花弓鞋。选择留洋的知识分子，内心却不能和封建糟粕割裂，这在鲁迅看来是不可理喻的，于是他摇了摇头。

第二次是在开往东京的火车上，这些读书人在车厢里推来推去地让座，鲁迅心想：就“连火车上的坐位，他们也要分出尊卑来”。于是又摇了摇头。

其实，鲁迅前后两次不满并非傲慢、看不起人，这和他一贯对待礼教窠臼的态度是一致的。当时的留学生大多怀抱着学习先进知识来改变国家落后面貌的远大志向，可行为举止若还是旧礼俗的一套，又何谈维新救国。

多年以后，两个朋友终于在推杯换盏间解除了误会。尽管拮据，他们还是一起喝酒，讲笑话。这样的生活持续到辛亥革命爆发，绍兴光复。

两千多年封建帝制终于画上句号。“第二天爱农就上城来，戴着农夫常用的毡帽，那笑容是从来没有见过的。”可见，范爱农虽然表面孤傲，内心却是火热的，他对革命的胜利充满了理想主义的希望，一腔激情溢于言表，连对鲁迅的称呼都变得活泼了：

> “老迅，我们今天不喝酒了。我要去看看光复的绍兴。我们同去。”

此后，鲁迅在师范学校任校长，范爱农任监学。在这段时期，范爱农既不喝酒，也不闲聊，只是勤快办事，想为新的时局贡献新的力量。

然而，太平假象背后的各路鬼怪很快便原形毕露。政府、军队、学校各种势力倾轧，鲁迅很快就“逃”去南京。范爱农终于也意识到光复带来的美好愿景只是泡沫，“内骨子是依旧的”。他对朋友说：“这里又是那样，住不得。你快去罢……。”心里是赞成，语气却很凄凉。

由于没有更好的契机，范爱农只能留在绍兴。身边没了知交好友，围绕他的尽是钩心斗角的派系斗争，他的学监也被校长想办法除掉了，“他又成了革命前的爱农”。这让怀揣革命理想的范爱农失去了最后的精神支柱。

再后来，便传来了范爱农落水淹死的噩耗。这对鲁迅的打击是巨大的。他自责当年自己顺利“逃跑”，却没有能力向留在原地的范爱农伸出援手，没能救他于孤独彷徨之中，这间接导致了好友的死亡。

鲁迅在文章里怀疑范爱农是自杀，因为他水性极好，而且尸体打捞上来的时候是直立着的。不过周作人后来也写过回忆范爱农的文章，其中却特意提到范爱农的死状是“蹲踞”而非“直立”。

范爱农死时的实情当然早已无从考证。但周作人后来公布了范爱农写给鲁迅的最后几封信，信中提到了他人生最后一段时光，是如何受排挤、遭欺凌的，其中不乏一些绝望厌世的话。因此，周氏兄弟都疑心他是自寻短见，也有据可依。但更有可能的是，在鲁迅的心里，他宁可将好友的死想象成怀着傲骨，为理想自绝，死也要死得挺拔，也不愿承认范爱农是生生被生活所迫害死的。

得知范爱农死讯的几天后，鲁迅写了三首悼念诗，寄给周作人，稿后还附了一句话：“我于爱农之死，为之不怡累日，至今未能释怀。”鲁迅应该是在范爱农的末路中，隐约看到了自己及更多知识分子的命运，所以才感到了那么深切的悲痛。

在辛亥革命的时代背景下，范爱农的死就像是一场爱国知识分子的悲剧谢幕。那个时代有那么多高喊公理、正义的伪君子，而真正纯粹的、清醒的范爱农却在各方的压迫下绝望地离开了，甚至连身后事都像儿戏一样，随随便便就受人摆布了，这是何等的荒谬！

“旧朋云散尽，余亦等轻尘。”在这句诗里，鲁迅明显把这位知己当作了另一个自己，仿佛在说：你已经走了，苟活着的我也不过一片尘埃，接下来也许就轮到我了吧。其中既有深深的愧疚，也有唇亡齿寒的悲戚和无奈。

写作《范爱农》时，鲁迅已经从北京南下，来到厦门大学任教。这段时间里，鲁迅的生活很不如意：一方面是与热恋的许广平分居两地，一方面是来自校内各方的诘难和攻击，其中不乏他曾帮助过的青年。同时，他和现代评论派的矛盾不断升级，在主流学者中也处于腹背受敌的尴尬处境。和范爱农一样，“孤独”是他身上始终背负的标签。

可以看到，鲁迅和范爱农，是多么相似的孤独异类。一直到多年后鲁迅回忆起故友，还是在他深陷孤寂的时候。鲁迅将《范爱农》作为《朝花夕拾》的收尾之作，也正暗含着他对自己当时境况和心绪的袒露。与其说这篇文章是在写好友范爱农，不如说是鲁迅在描绘一幅孤独者的自画像吧。

名家谈《朝花夕拾》

周作人（中国现代著名散文家、翻译家，新文化运动的杰出代表）：

鲁迅的一卷《朝花夕拾》，真是古今少有的书，翻开来看时觉得惊喜，因为得未曾有，及至看完了。又不禁怅然，可惜这太少了。

李长之（中国现代著名散文家、文学家、评论家）：

我很爱《朝花夕拾》，并不减于我之爱《野草》。作为斗争的礼赞的《野草》和这美妙的回忆的《朝花夕拾》之不同是很显然的。

因为是回忆，因为是说个人的事情，所以我们感觉到亲切，像是当着春秋的佳日吧，在森林里被轻风吹拂着一般，我们所见的便是安详、平和。只是也当像在耳朵里送来了清泉的湍响似的，这就是鲁迅在文字中常不能忘怀的对于那些伪善、奴性、繁复和乖巧的攻击。

诚然如鲁迅自己说："一个人做到只剩了回忆的时候，生涯大概总要算是无聊了罢，但有时竟会连回忆也没有。"这真是大可悲哀的事。然而究竟在写这些回忆文章的时候，却还没到连回忆也没有的地步，不过，也够无聊赖得了，所以，我们虽然可以颇带了消闲的意味地来欣赏这些好的散文，但在当时的作者却是十分难过，这是可以想见的。

——《鲁迅批判·鲁迅之杂感文》

王瑶（中国现代著名文学史家、教育家）：

如果分析《朝花夕拾》的思想性，我以为首先它是以儿童的天然的、正常的兴趣和爱好作为对人和事的评价的尺度的，它提供了一个关于风俗、琐事和人物的美丑的价值观念。……《朝花夕拾》在平静朴素的叙述中渗透了作者真挚的感情，在简洁洗练的文笔中有深长的韵味；虽为个人回忆，但有丰富深刻的社会内容。在为数众多的现代散文创作中，它的艺术成就是创造性的，并且具有一定的典范意义。

——《论鲁迅的〈朝花夕拾〉》

钱理群（北京大学中文系教授，中国鲁迅学会理事，中国现代文学研究会副会长）：

所有外在的“纷扰”——与“当局”“文人学者”等的生命搏斗，都会转化为内心的“纷扰”，并且会由此焕发出一种生命的欲求：从内心深处的记忆中，寻找生命的“闲静”，以抵御这样的“纷扰”；从自我生命的底蕴里，寻找光明的力量，以抵御由外到内的漫漫黑暗。我想这应该是鲁迅写《朝花夕拾》的一个最基本的动因。因此，我在读《朝花夕拾》的时候，有一句话，每读一次，都会感到心灵的震撼。这就是鲁迅在《阿长与〈山海经〉》结尾的那一声呼唤：“仁厚黑暗的地母呵，愿在你怀里永安她的魂灵！”在某种程度上，这正是鲁迅心灵深处的呼唤，是他在受到外部的种种伤害以后所发出的生命的呼唤：他要回到这个“仁厚黑暗的地母”的怀里，永安他的灵魂。在这个意义上，我们可以说，《朝花夕拾》是鲁迅的“安魂曲”。许多人在《朝花夕拾》里所感受到的是在鲁迅其他作品中不容易见到的温馨、慈爱，或者像我曾经说过的，是鲁迅心灵最柔和的一面的显示，恐怕都是缘于这样的心理动因。

——《文本阅读：从〈朝花夕拾〉到〈野草〉》

温儒敏（山东大学人文社科一级教授，博士生导师，北京大学语文教育研究所所长）：

在爱与死的反顾里，既弥漫着慈爱的精神与情调，显露了鲁迅心灵世界最为柔和的一面，又内蕴着深沉而深刻的悲怆，这形成了《朝花夕拾》的特殊韵味。

孙郁（中国人民大学文学院院长，中国鲁迅研究会会长，《鲁迅研究月刊》主编）：

《朝花夕拾》在文体上别有创意，小说笔法与随笔韵致交融在一起，行文别是一番境地。

王景山（首都师范大学中文系教授，鲁迅文学院兼职教授，中国现代文学研究会及中国鲁迅研究会名誉理事）：

它（《朝花夕拾》）不是小说，却细致入微地刻画了一批栩栩如生的人物形象；它不是传记，却提供了鲁迅早年的一大批鲜为人知的传记材料；它不是历史书，却使人从中看到了近代中国历史的若干重要而生动形象的侧面；它当然更不是民俗学著作，但它却涉及并记叙了那么多的城乡风习。

阅读指南

影像阅读法与快速阅读《朝花夕拾》

推荐书目信息

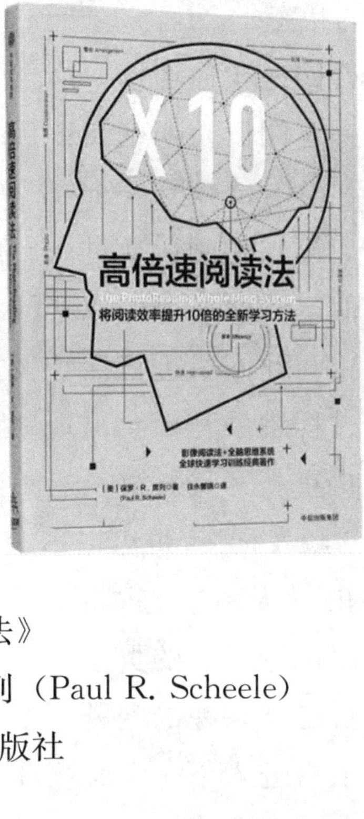

书名：《高倍速阅读法》

作者：保罗·R. 席列（Paul R. Scheele）

出版社名称：中信出版社

《高倍速阅读法》重点介绍了影像阅读法以助人提升阅读速度。作者是个名叫保罗的美国人。该方法后来被日本人神田昌典学习并介绍到日本得到推崇，再经由日本传入中国。我们下面以《朝花夕拾》这本书的阅读为范例带领同学们具体了解并学习一下这种快速阅读的方法。

主要内容与典型方法介绍

这个方法主要的原理就是如下三个方面。第一，快速、多次且目的明确地进行阅读。第二，通过影像阅读技法提高阅读速度，即扩大眼睛的视野范围，把眼睛像照相机一样拍下书页全局并快速翻动。第三，需要调动阅读者做笔记，且主要集中在找到并记录下关键词及画出思维导图。

我们简要梳理全书阅读过程且重点介绍提升阅读速度的影像阅读法。整个阅读过程在书中可以划分为三个阶段。

第一阶段是准备工作，需要准备好书、笔记本或空白纸张、笔；同时，请阅读者进入轻松而专一的状态。

第二阶段是将书本进行四遍快速通读，这当中核心技法就是通过影像阅读法提升阅读速度。第一遍阅读是明确阅读目的且快速找到对你有用的全书百分之二十的信息。建议用时一至两分钟，关注书目信息、前言评述，大致翻阅最后的结语部分。第二遍阅读要进入影像翻阅过程，其关键在于用眼方法，即视线处于类似于拍照或摄像取景的状态。阅读者将视线从书中间装订线扩散到四个角，与此同时进行深呼吸并且有节奏地翻页，大概一至两秒翻一页书。练习过程中一开始会出现烦躁和不安定的状态，可以暂时选择闭眼休息几秒钟再重新开始。第三遍阅读建议在影像翻阅之后马上进行，其关键在于找到“触发词”，也可以理解为关键词或者高频词。这些词语是针对你的阅读目的最为精华的词语，也是出现频率最高的词语。触发词的寻找首先就从快速浏览书本的页头、页尾及目录和各种评论中着手，并在这个过程中提出自己感兴趣的问题。完成第三遍阅读之后，休息十至二十分钟或休整一晚上再进入下一个阅读环节。第四遍阅读又被称为“激活”。首先回顾自己第三遍阅读时找到的关键词及自己提出的问题，快速翻看目录，确认有利于解决自己问题的章节，进入这些章节进行“超读＋摘读”。“超读”是指将视线集中在所读页面中间一行一行地快速移动，发现对于解决问题有意义的词语，然后停歇下来仔细读，这个时候就转化成“摘读”。如果摘读的是文章，读一两段的容量就可以；如果是一般性容量的书，则读两页左右就行。不要将太多的内容变成摘读，要相信自己的直觉，整个过程围绕着自己想要解决的问题来。

第三个阶段其实就是做读书笔记，书中推荐的是思维导图法。思维导图的形象性和系统性有利于人的记忆和思考。最后需要注意的是，制作思维导图并没有固定的模板，也不需要绘画功底配合，关键在于按照自己的喜好和习惯形象化地厘清书本思路。

《朝花夕拾》的应用

下面我们谈谈影像阅读方法在阅读《朝花夕拾》这本书的过程中的实操。为了便于方法的应用，我们这里直接提出一个牵引本书全篇且能扣住全书中心思想的问题，将这个问题的解决作为我们阅读的目的，即我们透过《朝花夕拾》来看看童年与青少年时期的鲁迅都看了一些什么书。

具体步骤如下。

第一，状态的准备。进入一个注意力集中却又相对放松的状态。关键：闭眼、深呼吸，然后想象后脑勺斜上方有个拳头大小的实物。用时十至三十秒。

第二，第一遍快速翻阅全书，确认哪些部分是关于鲁迅读书的篇目。先快速浏览目录、前言和后记，然后锁定涉及童年与青少年时期鲁迅学习和求学的相关篇目。用时一至两分钟。例如，我们发现相关篇目为《阿长与〈山海经〉》《二十四孝图》《五猖会》《从百草园到三味书屋》《琐记》《藤野先生》及《范爱农》。

第三，第二遍用影像法翻阅全书，重点集中在第一遍关注的篇目。关键在于把握翻书速率，一至两秒翻一页；保持集中且放松的状态，可以适度调整，闭眼深呼吸几秒或休息几秒，自我肯定且不放弃。用时根据不同版本书页数预估。

第四，第三遍阅读要回到书目，根据问题通过目录进入关键篇目，找到并提取激发词。我们针对这个问题的激发词有一个标志性特征，即书名号。同时，同学们别忘记提出自己感兴趣的问题。关键：明确阅读目的是找出所读书目，锁定书名号与关键词并记录下来。用时十至二十分钟。

【问题示例】（1）文中可见这些书大概是什么内容？（2）作者不同时期

所看的书有什么相同和不同之处？（3）这些书的内容和不同之处给青少年时期的鲁迅带来了什么影响？（4）鲁迅读这些书能给“我”带来什么启发？

第五，第四遍进入激活模式，在关键篇目快速扫过阅读即应用超读，看到书名号或是提到学习内容部分慢下来仔细阅读。关键：第三遍阅读休息五至十分钟之后开始；以书页每行中心为基准快速扫过，碰到激发词或是与问题相关的内容慢下来；不相关部分可以不读；标记或是摘取激发词和相关内容。用时十分钟。

例如，相关书目如下。

《阿长与〈山海经〉》：《毛诗草木鸟兽虫鱼疏》《花镜》《山海经》《尔雅音图》《点石斋丛画》《诗歌舫》。

《二十四孝图》：《二十四孝图》《文昌帝君阴骘文图说》《玉历钞传》，以及可以推断清末常用的儿童启蒙书籍《三字经》之类。

《五猖会》：《陶庵梦忆》《水浒传》《鉴略》。

《从百草园到三味书屋》：《荡寇志》《西游记》。

《琐记》：《封神榜》《左传》《天演论》《时务报》《译学汇编》，以及“四书”。

《藤野先生》：现代医学相关书籍、日文书、外国资料、《新约》。

《范爱农》：《朝日新闻》《读卖新闻》《二六新闻》。

第六，制作思维导图与内化自我思维的实现。

【实施关键】了解思维导图的制作要点，明确核心问题且显著标示；学会图像化形象表达；选择自己能够实现且喜欢的模式就可以。建议用时十至二十分钟。

综合上述步骤，我们可以应用影像阅读的方法在三十至五十分钟之内通读全书并且解决一个牵引全书主要内容和中心思想的问题。

参考解答与启示

小时候的鲁迅大多看的是中国传统蒙学类图书和各种杂书。他自己最喜欢的则是带有图画的各类型人物志怪小说，如《山海经》。外出求学的鲁迅虽然被要求阅读中国传统兵法策论的书，却热衷于接触介绍西方科学与启蒙思想的图书与刊物。留学时期的鲁迅因为熟练掌握多种语言而能够看到更多译著和报刊。同时，他还阅读与中国相关的通讯杂志从而保持对中国国内时事的关注。由此可见，外出求学后的鲁迅所阅读的书的语言形式越来越多样，内容越来越丰富，而鲁迅所承载的思想观念也越来越先进。

首先值得一提的是，幼年鲁迅对绣像小说和神怪类小说的爱好为他秉持一身，后来甚至成为他谋生的本钱。他长期教授中国小说相关课程并著有《中国小说史略》。其次，他对绘画和美学有着浓烈的兴趣和独到的见解，自己擅长画画，喜欢版画，后来在旧教育部曾负责美学教育相关工作。这也可以理解为何他在后记中会反复探讨关于《五猖会》一文中无常形象及《二十四孝图》中各种人物画像的考证。最后，鲁迅之所以成为鲁迅是基于他青少年时期从大量书中所了解的先进思想和文化知识。例如，《天演论》一书成为他科学思想的启蒙。他对这类书籍的阅读与学习启发了他对国家、民族和人民的热爱与同情，从而坚定了他弃医从文，从思想上唤醒民众的志向。这也才有了鲁迅的出现，而不是某位周姓工程师或者周医生。

对于同样正处于青少年时期的现代中学生来说，首先，需要欣赏和学习中国传统文学和语言的精妙之处，多读中国传统文学中的精粹，直接相关的可以找到鲁迅写的《中国小说史略》看看。其次，有必要多掌握一些语言，这样可以阅读更多语言文字表达的书籍、期刊，让自己的阅读面更为宽广。最后，科学类的书籍可以使人更好地认识客观事物和社会现象，有助于培养科学与辩证的思维方式。

巩固练习

一、基础练习

1. 填空题

（1）《朝花夕拾》最初是在《______________》上发表的，原题为《__________》。

（2）鲁迅原名__________，字_____，浙江_____人。

（3）《朝花夕拾》是鲁迅先生 1926 年所作的__________（文体）集，共收录了__________篇作品。

（4）《朝花夕拾》作为回忆__________的散文，充满了个体生命的童年时代与人类文化发展的童年时代所特有的天真之气。

（5）“鬼而人，理而情，可怖而可爱的无常……”“要寻真实的朋友，倒还是他妥当”这两句话出自《朝花夕拾》中的《__________》。

（6）“仁厚黑暗的地母呵，愿在你怀里永安她的魂灵!”出自《朝花夕拾》中的《__________》。

（7）《朝花夕拾》中的《__________》对玩弄人的生命的猫似的正人君子进行了热辣嘲讽。

（8）《朝花夕拾》中的《二十四孝图》着重分析了“__________”“__________”“__________”等孝道故事。

（9）“在百静中，我似乎头里要伸出许多铁钳，将什么‘生于太荒’之流夹住；也听到自已急急诵读的声音发着抖，仿佛深秋的蟋蟀，在夜中鸣叫似的。”这句话出自《__________》一文。本文记叙作者儿时与父亲一场微妙的冲突：“我”__________，父亲却要“我”__________，让“我”感到痛苦，含蓄地批判了__________的不合理。

（10）《朝花夕拾》中的《琐记》一文，作者写到在矿路学堂中，他最喜欢阅读的一本书是《__________》，从这本书中首次知道赫胥黎、苏格拉底等人的思想。

2. 判断题

（1）《朝花夕拾》是鲁迅所写的唯一一部回忆性散文集。（　　）

（2）《朝花夕拾》把记叙、描写、抒情、议论、说明五种表达方式有机

地融合为一体，充满诗情画意。（　　）

（3）《五猖会》中，父亲让我背的书是《天演论》。（　　）

（4）《藤野先生》记录作者在日本留学时期的学习生活，叙述在仙台受日本学生歧视、侮辱和决定弃医从文的经过。（　　）

（5）《阿长与〈山海经〉》中长妈妈送给作者的绘图是《山海经》。（　　）

（6）鲁迅在《朝花夕拾》中描写了迷信啰唆却善良真诚的“长妈妈”，表达了对她的深切怀念之情。（　　）

3. 选择题

（1）下列文章中提及“长妈妈”这个人物形象的篇目是（　　）。

A.《范爱农》　B.《狗·猫·鼠》

C.《藤野先生》　D.《琐记》

（2）下列文章不是出自《朝花夕拾》的是（　　）。

A.《好的故事》　B.《无常》

C.《二十四孝图》　D.《藤野先生》

（3）《琐记》中，衍太太对鲁迅说偷首饰的事件后，她（　　）散布流言。

A. 有　B. 没有

（4）《藤野先生》一文中作者弃医从文的原因是（　　）。

A. 学费不够　B. 先生不重视自己

C. 要拯救国民的精神　D. 受到日本同学歧视

（5）下列说法正确的一项是（　　）。

A. 鲁迅写《范爱农》只为了纪念及想念范爱农。

B.《狗·猫·鼠》中作者讨厌猫的原因是猫伤害了作者养的兔子。

C.《从百草园到三味书屋》中给作者的人生带来深刻影响的是藤野先生。

D.《范爱农》记叙的是鲁迅在日本留学时和回国后与范爱农接触的几个生活片段。

二、巩固强化

1. 填空题

(1)《朝花夕拾》最初在《莽原》上发表，总题为《旧事重提》，是对童年“谈闲天”的追忆与模拟。这就规定了这类散文的特殊氛围：__________、__________、__________、__________。

(2) 在《朝花夕拾》的十篇文章里，鲁迅用夹叙夹议的方式，以__________为线索，真实动人地抒写了从农村到城镇、从家庭到社会、从国内到国外的一组生活。

(3)《朝花夕拾》的题目含义是：________________________。

(4) 鲁迅在《琐记》一文中，用了“________________”一词来讥讽洋务派的办学。

(5) 鲁迅在《二十四孝图》里，针对“卧冰求鲤”“老莱娱亲”“郭巨埋儿”等孝道故事做了分析，揭示了________________________。

(6) 鲁迅在《二十四孝图》中用“甚于洪水猛兽，非常广大，也非常长久，能使全中国化成一个麻胡，凡有孩子都死在他肚子里”，表达了对“________________”的愤怒之情。

(7)《阿长与〈山海经〉》中，“长妈妈”管《山海经》叫“________”。

(8)《二十四孝图》中，作者读完传统封建孝道故事后，觉得其中“自然也有可以勉力仿效的”，如“子路负米”“黄香扇枕”“陆绩怀橘”之类，而“__________”的故事则有些可疑。

(9)《朝花夕拾》中的《__________》《__________》《__________》三篇作品，分别记叙了“我”离开家乡到南京、去日本求学和回国后的一段经历。

(10) 鲁迅觉得一切鬼众中，就是__________有点近人情，那鬼手里拿着__________。

2. 判断题

(1)《藤野先生》写于作者在北京大学任教时。(　　)

(2)《藤野先生》中“匿名信事件”里引用《旧约》中的句子是：“你改悔罢!”(　　)

（3）《范爱农》是一篇散文。（　　）

（4）“黑瘦”“八字须”都是藤野先生的相貌特征。（　　）

（5）鲁迅先生弃医从文的导火索是“看电影事件”。（　　）

（6）鲁迅先生到日本留学前在南京读书。（　　）

（7）《从百草园到三味书屋》中与“怪哉”有关的人物是孔子。（　　）

（8）《从百草园到三味书屋》中写到的百草园里的景物有菜畦、石井栏、银杏树。（　　）

（9）《父亲的病》中父亲得的病是水肿。（　　）

（10）藤野先生向鲁迅询问中国女人裹脚的事情，这是对中国人的轻视。（　　）

3. 选择题

（1）《从百草园到三味书屋》中的“百草园”在（　　）。

A.“我家的”左面　　B.“我家的”前面

C.“我家的”后面　　D.“我家的”右面

（2）《从百草园到三味书屋》中的“三味书屋”是（　　）。

A. 学校名　　B. 书房名　　C. 私塾名　　D. 书店名

（3）下列神话出自《山海经》的是（　　）。

A. 牛郎织女　　B. 女娲造人　　C. 大禹治水　　D. 愚公移山

（4）《五猖会》写的是一种（　　）。

A. 迎神赛会　　B. 祭祀活动　　C. 民间艺术　　D. 杂技表演

（5）阿长的睡姿体现的性格特点是（　　）。

A. 凶悍泼辣　　B. 粗俗任情　　C. 外向大方　　D. 任性妄为

4. 综合题

（1）小明在研学活动中按照内容主题对《朝花夕拾》中的文章进行了分类，并制作了表格，请你将表格补充完整。

回忆孩提时代生活	回溯自我人生历程	忆写亲友往事	描写故乡民俗风情
《狗·猫·鼠》	②________	《狗·猫·鼠》	《无常》
①________	《范爱农》	《范爱农》	④________
《五猖会》	《藤野先生》	③________	《从百草园到三味书屋》

（2）下面这个表格中上面部分是“阿长”的人物卡片，请参考这个表格完成“范爱农”“藤野先生”的人物卡片。

阿长	人物出处	《从百草园到三味书屋》《阿长与〈山海经〉》《狗·猫·鼠》《五猖会》《二十四孝图》
	外貌描写	“她生得黄胖而矮，‘长’也不是形容词。”
	人物简介	鲁迅幼年时的保姆，一个社会底层的劳动妇女，是在鲁迅童年生活中很有影响力的人
	性格特点	庸俗，愚昧迷信，但又纯朴善良，忠厚真诚，富有爱心，热心帮助孩子解决疑难
	相关情节	踏死“我”的隐鼠 讲述“美女蛇”的故事 讲“长毛”的故事 为鲁迅买期盼已久的《山海经》 睡相不好，在床上摆一个“大”字 “常喜欢切切察察”，有许多“规矩”和“道理”，特别是过年，从压岁钱到祝福再到吃福橘等
范爱农	人物出处	①________________
	外貌描写	②________________
	人物简介	③________________
	性格特点	④________________
	相关情节	⑤________________ ________________ ________________
藤野先生	人物出处	⑥________________
	外貌描写	⑦________________
	人物简介	⑧________________
	性格特点	⑨________________
	相关情节	⑩________________ ________________ ________________

（3）我得到《二十四孝图》为什么既高兴又扫兴？

（4）《朝花夕拾》中作者为什么反感“老莱娱亲”的故事。

（5）结合原著，概括鲁迅与范爱农交往的三件事。

（6）运用课外阅读积累的知识，完成下列问题。

这是我儿时所罕逢的一件盛事。因为那会是全县中最盛的会，东关又是离我家很远的地方，出城还有六十多里水路，……

因为东关离城远，大清早大家就起来。昨夜预定好的三道明瓦窗的大船，已经泊在河埠头，船椅，饭菜，茶炊，点心盒子，都在陆续搬下去了。我笑着跳着，催他们要搬得快。忽然，工人的脸色很谨肃了，我知道有些蹊跷，四面一看，父亲就站在我背后。

“去拿你的书来。”他慢慢地说。

①这段文字选自散文集《____________》，这里的“全县中最盛的会”指的是____________，父亲要“我”拿的书是《____________》。

②在这篇文章中我的心情变化是怎样的？你对文中的父亲的教育方式如何评价？

（7）结合原著内容，分析《二十四孝图》不受儿童欢迎的原因。

(8) 运用课外阅读积累的知识，完成问题。

芦根和经霜三年的甘蔗，他就从来没有用过。最平常的是“蟋蟀一对”，旁注小字道：“要原配，即本在一窠中者。”似乎昆虫也要贞节，续弦或再醮，连做药资格也丧失了。但这差使在我并不为难，走进百草园，十对也容易得，将它们用线一缚，活活地掷入沸汤中完事。然而还有“平地木十株”呢，这可谁也不知道是什么东西了，问药店，问乡下人，问卖草药的，问老年人，问读书人，问木匠，都只是摇摇头，临末才记起了那远房的叔祖，爱种一点花木的老人，跑去一问，他果然知道，是生在山中树下的一种小树，能结红子如小珊瑚珠的，普通都称为“老弗大”。

你是怎样理解“似乎昆虫也要贞节，续弦或再醮，连做药资格也丧失了”这句话的？

三、应用拓展

1. 简答题

(1)《朝花夕拾》作为鲁迅的回忆性散文集，记述了他童年的生活和青年求学的历程。请你说出三篇讲述作者青年时期离开家乡后的一些经历的作品。

(2) 有人说，《朝花夕拾》包含了作者“温馨的回忆与理性的批判”。结合原著内容，写出一处能够表现作者“温馨的回忆”或“理性的批判”的内容。

2. 简答题

（1）《朝花夕拾》中作者运用了大量的对比手法，请你结合原文内容，任选一例，分析对比的效果。

（2）鲁迅先生将讽刺手法运用得炉火纯青，请你结合《朝花夕拾》原文内容，任选一例，分析效果。

3. 简答题

（1）《朝花夕拾》在选材上精心提炼生活中的典型事例，常用以小见大的手法揭示事物的本质。请结合原著内容，任选一例进行分析。

（2）《朝花夕拾》在表达方式上，把叙述、描写、抒情和议论有机地融为一体。请结合原著内容，任选一例进行分析。

四、真题实战

1.（2020·安顺模拟）

片段一：

这是我儿时所罕逢的一件盛事。因为那会是全县中最盛的会，东关又是离我家很远的地方，出城还有六十多里水路，在那里有两座特别的庙。一是梅姑庙，就是《聊斋志异》所记，室女守节，死后成神，却篡取别人的丈夫的；现在神座上确塑着一对少年男女，眉开眼笑，殊与“礼教”有妨。其一便是五猖庙了，名目就奇特。

片段二：

老鼠的大敌其实并不是猫。春后，你听到它“咋！咋咋咋咋！”地叫着，大家称为“老鼠数铜钱”的，便知道它的可怕的屠伯已经光降了。这声音是表现绝望的惊恐的，虽然遇见猫，还不至于这样叫。

上面两个片段分别节选自《朝花夕拾》中的《____________》和《____________》。

2.（2019·黑龙江）

我似乎从头上浇了一盆冷水。但是，有什么法子呢？自然是读着，读着，强记着，——而且要背出来。

粤自盘古，生于太荒，

首出御世，肇开混茫。

就是这样的书，我现在只记得前四句，别的都忘却了；……

（1）以上语段节选自《朝花夕拾》中的《____________》，“我似乎从头上浇了一盆冷水”的原因是____________________。

（2）请你写出《朝花夕拾》中另外两篇的名称。

____

____

____

3.（2019·霍邱县二模）

“父亲！！！”我还叫他，一直到他咽了气。

我现在还听到那时的自己的这声音，每听到时，就觉得这却是我对于父亲的最大的错处。

上述文字选自《朝花夕拾》中的《____________》，这个篇目中给父亲治病的医生叫____________________。

4.（2014·安徽）

我国文学家____________在《朝花夕拾》中回忆留学生活时，着力写了一位老师和一位朋友。老师是____________，朋友是范爱农。

5.（2016·北京）

《朝花夕拾》是鲁迅的一部回忆性散文集，其中有些作品记录了他童年和少年时期的生活。在这些作品中，鲁迅描写了给他留下深刻印象的人物，如《阿长与〈山海经〉》中的阿长，《从百草园到三味书屋》中的__________________，又如《____________》中的____________。

6.（2019秋·长丰县期末）

孩子们所盼望的，过年过节之外，大概要数迎神赛会的时候了。但我家的所在很偏僻，待到赛会的行列经过时，一定已在下午，仪仗之类，也减而又减，所剩的极其寥寥。往往伸着颈子等候多时，却只见十几个人抬着一个金脸或蓝脸红脸的神像匆匆地跑过去。于是，完了。

以上这段文字，节选自____________（作者）的作品《____________》，这部作品与《从百草园到三味书屋》都出自他的回忆性散文集《朝花夕拾》，这部回忆性散文集原名叫《____________》。

7.（2019·凉山州）

“铁如意，指挥倜傥，一座皆惊呢～～；金叵罗，颠倒淋漓噫，千杯未醉嗬～～……。”

我疑心这是极好的文章，因为读到这里，他总是微笑起来，而且将头仰起，摇着，向后面拗过去，拗过去。

以上文段出自____________（作者）的散文集《____________》。该散文集中的《____________》一文，饱含了作者对一位潦倒同乡旧友的思念和同情；另一文《五猖会》记述了作者儿时盼望观看____________的急切、兴奋的心情。

8.（2018·湖南衡阳）

一到夏天，睡觉时她又伸开两脚两手，在床中间摆成一个“大”字，挤得我没有余地翻身，久睡在一角的席子上，又已经烤得那么热。推她呢，不动；叫她呢，也不闻。

（1）这段文字选自鲁迅的散文集《____________》，文中描写的人是____________。

（2）关于这部散文集，下列说法不正确的一项是（　　）。

A.《狗·猫·鼠》表现了对弱小者的同情和对暴虐者的憎恨，《二十四孝图》揭示了封建孝道的虚伪与残酷。

B.《五猖会》记述了作者儿时盼望观看迎神赛会的急切、兴奋的心情，并借此对“正人君子”予以了辛辣的嘲讽。

C.《从百草园到三味书屋》描述了作者儿时在家中百草园玩耍时的无限乐趣和在三味书屋读书的乏味生活。

D.《琐记》《藤野先生》《范爱农》三篇，记述了鲁迅远离故乡到南京、去日本求学和回国后的一段生活，留下了鲁迅追寻真理的足迹。

9.（2015·甘肃兰州）

（1）《朝花夕拾》里有不少与读书有关的叙述。请写出下列两段文字所属的篇名。

①“哥儿，有画儿的‘三哼经’，我给你买来了！”

我似乎遇着了一个霹雳，全体都震悚起来；赶紧去接过来，打开纸包，是四本小小的书，略略一翻，人面的兽，九头的蛇，……果然都在内。《____________》

②“给我读熟。背不出，就不准去看会。”

他说完，便站起来，走进房里去了。

我似乎从头上浇了一盆冷水。但是，有什么法子呢？自然是读着，读着，强记着，——而且要背出来。《____________》

（2）请用一句话，写出你读《朝花夕拾》的感受。

____

____

____

10.（2019·邵阳）

它的性情就和别的猛兽不同，凡捕食雀鼠，总不肯一口咬死，定要尽情玩弄，放走，又捉住，捉住，又放走，直待自己玩厌了，这才吃下去，颇与人们的幸灾乐祸，慢慢地折磨弱者的坏脾气相同。

（1）这段文字出自鲁迅的《____________》（篇目名称）。

（2）结合作品分析作者所表达的情感。

____

____

____

11.（2015·南京）

你为初一新生做《朝花夕拾》的荐读演讲，下面是演讲稿的片段，请按要求填空。

亲爱的学弟学妹们：《朝花夕拾》是一本值得一读的好书，我建议大家读一读。在书中，有描述小鲁迅与小动物为友的①____________；有表现他在日本与师友交往的②____________；也有反映他家乡赛会风俗的③____________。在这些温馨的回忆里，蕴含着④____________和⑤____________，令人回味无穷。

（1）将下列篇目的序号填在对应的横线上。

A.《狗·猫·鼠》 B.《阿长与〈山海经〉》

C.《二十四孝图》 D.《五猖会》

E.《无常》 F.《从百草园到三味书屋》

G.《父亲的病》 H.《琐记》

I.《藤野先生》 J.《范爱农》

①____________ ②____________ ③____________

（2）在相应的横线上填写恰当的短语。

④____________________ ⑤____________________

12.（2019·重庆A卷）

（1）以下文字是对鲁迅《朝花夕拾》相关内容的概述，请据此填空。

这是一场让人渴盼的盛事，“我”伸长了脖子遥望，久候，却总是匆匆一眼；这是一场让人痴念的盛事，“我”宁愿生场重病，也想满足“扮犯人”的心愿……

这场充满地方民俗风情的“盛事”是指____________，这些情境出现在鲁迅《朝花夕拾》中的《____________》里。

（2）《父亲的病》和《琐记》都写到衍太太。请任选一篇，写一件与衍太太相关的事，并说说她是一个什么样的人。

____

____

____

13.（2018·山西）

第三小组以“细品数朵‘朝花’·感悟鲁迅初心”为主题，绘制了下面的思维导图，分享他们阅读《朝花夕拾》的体验。请你调动阅读积累，在图中（1）（2）（3）处填写相应内容。

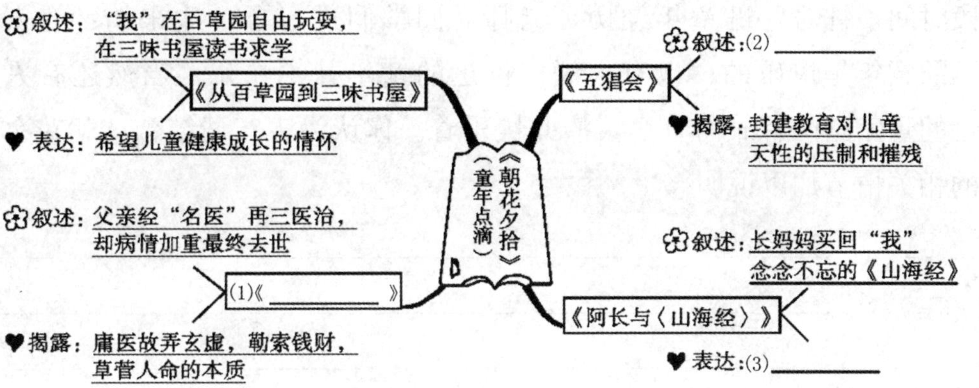

14.（2019·重庆B卷）

《朝花夕拾》里除了有对人和事的颂扬，还有冷静的批判。请从《五猖会》或《二十四孝图》中举出一例，指出作者批判的内容。

____

____

____

15.（2019·扬州）

我的保姆，长妈妈即阿长，辞了这人世，大概也有了三十年了罢。我终于不知道她的姓名，她的经历；仅知道有一个过继的儿子，她大约是青年守寡的孤孀。

（1）语段中，鲁迅对长妈妈有不同的称呼。因她谋害隐鼠等事，幼年的鲁迅憎恶地称她为“__________”；多年后，当他回顾____________________这件事，鲁迅先生对她充满敬意和怀念，深情地称她为“我的保姆”“长妈妈”。

（2）《朝花夕拾》中还有许多美好的回忆，请在其余篇目中，自选两篇，各列举一个情节。

____

____

____

16.（2019秋·富阳区期中）

读了《朝花夕拾》之后，相信你们对鲁迅的童年有了一定的了解吧！前段时间，针对鲁迅童年经历，老师对同学们进行了一次采访：有人说，鲁迅的童年是快乐的；也有人说，鲁迅的童年并不快乐；当然还有人说，鲁迅的童年是两者兼而有之，痛并快乐着。你认为呢？请结合《朝花夕拾》里的相关情节加以说明。

____

____

____

17.（2019·昆山市一模）

“那一天你专门反对我，而且故意似的，究竟是什么缘故呢？”

——《朝花夕拾·范爱农》

范爱农在哪件事情上故意反对鲁迅？“究竟是什么缘故”让他故意反对？你认为最终是什么原因使他们成为“非常相熟”的人？

____

____

____

18.（2020·四川模拟）

我的保姆，长妈妈即阿长，辞了这人世，大概也有了三十年了罢。我终于不知道她的姓名，她的经历；仅知道有一个过继的儿子，她大约是青年守寡的孤孀。

（1）语段中，鲁迅为什么对“她”采用多样的称呼？请根据文章内容简析。

______

______

______

（2）《朝花夕拾》中还有许多美好的回忆，请在其余篇目中，自选两篇，各列举一个情节。

______

______

______

19.（2019·邯郸二模）

《朝花夕拾》的《琐记》中，“我”和小伙伴最愿意在衍太太家里或她家四近玩的原因是什么？

______

______

______

20.（2019·唐河县三模）

请你仿照示例，从《朝花夕拾》其余的篇目中选择你熟悉的一篇，简述你的阅读心得。

示例：阅读《从百草园到三味书屋》，我真切感受到小主人公对大自然的热爱，对知识的追求，以及天真、幼稚、欢乐的心理。

______

______

______

21.（2017·天津）

走入《朝花夕拾》，我们可以追寻鲁迅先生思想变化的轨迹。请你概括鲁迅先生在南京的矿路学堂毕业后和在日本仙台学习时分别做出了怎样的人生选择，并简述其原因。

22.（2019·许昌一模）

阿长和衍太太是《朝花夕拾》中很典型的两个妇女形象，请分别写出她们与“我”相关联的一件事情，以及“我”对她们的态度。

23.（2017·漯河二模）

《朝花夕拾》是鲁迅先生所著的散文集，里面塑造了许多个性鲜明的人物形象。请从藤野先生（《藤野先生》）、长妈妈（《阿长与〈山海经〉》）、父亲（《五猖会》）中选择一个，结合文章内容对该人物进行简要分析。

24.（2016·广东）

这是一个高大身材，长头发，眼球白多黑少的人，看人总像在渺视。他蹲在席子上，我发言大抵就反对；我早觉得奇怪，注意着他的了，到这时才打听别人：说这话的是谁呢，有那么冷？认识的人告诉我说：他叫范爱农，是徐伯荪的学生。

我非常愤怒了，觉得他简直不是人，自己的先生被杀了，连打一个电报还害怕，于是便坚执地主张要发电，同他争起来。结果是主张发电的居多数，他屈服了。其次要推出人来拟电稿。

“何必推举呢？自然是主张发电的人啰～～～。”他说。

我觉得他的话又在针对我，无理倒也并非无理的。……

从此我总觉得这范爱农离奇，而且很可恶。天下可恶的人，当初以为是满人，这时才知道还在其次；第一倒是范爱农。中国不革命则已，要革命，首先就必须将范爱农除去。

然而这意见后来似乎逐渐淡薄，到底忘却了，我们从此也没有再见面。直到革命的前一年，我在故乡做教员，大概是春末时候罢，忽然在熟人的客座上看见了一个人，互相熟视了不过两三秒钟，我们便同时说：

“哦哦，你是范爱农！”

“哦哦，你是鲁迅！”

不知怎地我们便都笑了起来，是互相的嘲笑和悲哀。他眼睛还是那样，然而奇怪，只这几年，头上却有了白发了，但也许本来就有，我先前没有留心到。他穿着很旧的布马褂，破布鞋，显得很寒素。谈起自己的经历来，他说他后来没有了学费，不能再留学，便回来了。

(1) 联系原著，概括鲁迅与范爱农交往的三件事。

______

______

______

(2) 作者开篇从和范爱农的矛盾冲突写起，这是什么写法？有什么作用？

______

______

______

(3) 选文运用了什么描写方法来突出范爱农的性格？请举一例分析。

______

______

______

参 考 答 案

一、基础练习

1. 填空题

（1）莽原　旧事重提

（2）周树人　豫才　绍兴

（3）散文　十

（4）童年生活

（5）无常

（6）阿长与〈山海经〉

（7）狗·猫·鼠

（8）卧冰求鲤　老莱娱亲　郭巨埋儿

（9）五猖会　急于看戏　背书　封建教育制度

（10）天演论

2. 判断题

（1）√

（2）×

（3）×

（4）√

（5）√

（6）√

3. 选择题

（1）B

（2）A

（3）A

（4）C

（5）D

二、巩固强化

1. 填空题

(1) 自然　亲切　和谐　宽松

(2) 青少年时代的生活经历

(3) 早上的花晚上来捡，就是成年时回忆往事

(4) 乌烟瘴气

(5) 封建孝道的虚伪和残酷

(6) 妨害白话者

(7) 三哼经

(8) 哭竹生笋

(9) 琐记　藤野先生　范爱农

(10) 无常　大算盘

2. 判断题

(1) ×

(2) ×

(3) √

(4) √

(5) √

(6) √

(7) ×

(8) ×

(9) √

(10) ×

3. 选择题

(1) C

(2) C

(3) C

(4) A

(5) B

4. 综合题

(1) ①《阿长与〈山海经〉》(《从百草园到三味书屋》)

②《父亲的病》(《琐记》)

③《藤野先生》(《父亲的病》《阿长与〈山海经〉》)

④《五猖会》(《阿长与〈山海经〉》《二十四孝图》)

(2) ①《范爱农》

②“这是一个高大身材，长头发，眼球白多黑少的人，看人总像在渺视。”“他穿着很旧的布马褂，破布鞋，显得很寒素。”

③鲁迅的朋友，与鲁迅在日本留学时相识

④为人孤傲、正直、倔强，不满黑暗社会，追求革命

⑤反对拍电报给清政府，也不愿承担拟电报稿的任务　回国后，一直受到轻视、排斥和伤害，只得“躲在乡下，教着几个小学生糊口”　憎恨腐败的封建统治，常搭船进城与鲁迅喝酒，抒发心中愤懑　报馆案风波，革命令人失望，范爱农陷入更凄苦的境地　辛亥革命后，他曾在绍兴师范学校任教，又受到排挤，最后溺水而亡

⑥《藤野先生》

⑦“其时进来的是一个黑瘦的先生，八字须，戴着眼镜，挟着一叠大大小小的书。”

⑧藤野先生是鲁迅在日本仙台医学专门学校的解剖学老师

⑨治学严谨，认真负责，诲人不倦，正直热情，关爱年轻人，没有民族偏见

⑩关心“我”的学习，耐心仔细地纠正“我”讲义上的错误，引导“我”以实事求是的态度对待科学　为“我”改正解剖图　关心“我”解剖实习　向“我”了解中国女人裹脚的事情，表现了他对骨学的兴趣和求实精神　对“我”后来放弃学医很惋惜，并送照片给“我”以作纪念

(3) 高兴的是：鬼少人多，归我一人独有；那里面的故事，似乎谁都知道，便是不识字的人，例如阿长，也只要一看图画便能够滔滔地讲出一段的事迹。扫兴的是：知道“孝”有如此之难，对于先前痴心妄想，想做孝子的计划，完全绝望了。

(4) 招致他反感的便是老莱“诈跌”，作婴儿啼，以娱亲意，作者认为小孩子多不愿意“诈”作，换言之，不愿装假，这违背了儿童的心理。

(5) 同乡会争执（东京初识）；故乡重逢（叙旧）；学校共事（绍兴共事、辅助鲁迅监学）。

(6) ①朝花夕拾　五猖会　鉴略

②兴高采烈变为无精打采。教育内容艰深，教育方式单一，没有注意激发儿童的学习兴趣。

(7) 装佯使诈失真，不合儿童心理，如“老莱娱亲”等；要求太严苛，不具示范性，如“卧冰求鲤”等；情节太荒诞，儿童都不信，如“哭竹生笋”等；情节恐怖残忍，伤害幼小心灵，如“郭巨埋儿”等；有些过于简单，难称经典素材，如“陆绩怀橘”等。

(8) 是对“要原配，即本在一窠中者”药方的嘲笑，揭示了医生巫医不分、故弄玄虚、草菅人命的实质。

三、应用拓展

1. 简答题

(1)《琐记》《藤野先生》《范爱农》。

(2)(示例) 温馨的回忆：①《从百草园到三味书屋》一文描述孩子们在百草园的雪地上捕鸟的情景；②《五猖会》一文中迎神赛会时，孩子们买一个“吹都都”，吡吡地吹上两天，享受一份游戏的快乐。理性的批判：①《从百草园到三味书屋》一文中老师让孩子们读一些枯燥乏味的书；②《五猖会》一文中去看赛会前，父亲强迫“我”背书，让“我”感到扫兴和痛苦。

2. 简答题

(1)(示例) ①《五猖会》中通过“我”前后心境变化的对比，表达了“我”对封建教育的反感和批判。②《无常》中通过无常这个“鬼”和现实中的“人”对比，深刻刻画了现实生活中某些“人格”不如“鬼格”的人的丑恶面目。③《狗·猫·鼠》中作者对小隐鼠的爱和对猫的强烈憎恨形成了鲜明的对比，表现了作者对弱小者的同情和对暴虐者的憎恨。④《藤野先生》中藤野先生生活上的不拘小节与工作中的一丝不苟形成对比，藤野先生对作者的尊重与“爱国青年”对作者的蔑视形成对比，日本国民对本民族的狂热和中国国民“闲看枪毙犯人”的“酒醉似的喝采”形成对比。作者赞美了日本老师藤野先生的严谨、正直、热忱、没有民族偏见的高尚品格。

(2)(示例) ①《父亲的病》中运用了反讽手法，批判了庸医的故弄玄虚、草菅人命。②《狗·猫·鼠》尖锐而又形象地讽刺了与“猫”相似的人。

3. 简答题

(1)(示例) ①《藤野先生》中选取了“我”与藤野先生交往的四个典型事例来表现人物。②在《无常》中，从无常也有老婆和孩子的事实中，既写出了无常富于人情味的特点，又巧妙地讽刺了生活中那些虚伪的知识分子。

(2) 在深情地回忆往事时，作者无法忘却现实，时不时插入一些“杂文笔法”(对现实的议论)。如《狗·猫·鼠》一文既有作者对童年时拥有过的一只可爱的小隐鼠的深情回忆，又有对祖母讲述的民间故事的生动记叙，同时揭示了现实中那些像极了“猫”的“正人君子”的真实面目。在叙事和议论中插入相关的童话、传说和典故，增添阅读的趣味。

四、真题实战

1.(2020·安顺模拟)

五猖会　狗·猫·鼠

2.(2019·黑龙江)

(1) 五猖会　父亲强迫“我”背诵《鉴略》

(2)(示例)《范爱农》《无常》。

3.(2019·霍邱县二模)

父亲的病　陈莲河(叶天士)

4.(2014·安徽)

鲁迅　藤野先生(藤野严九郎)

5.(2016·北京)

私塾先生　琐记　衍太太

6.(2019 秋·长丰县期末)

鲁迅　五猖会　旧事重提

7.(2019·凉山州)

鲁迅　朝花夕拾　范爱农　迎神赛会

8.(2018·湖南衡阳)

(1) 朝花夕拾　阿长(长妈妈)

(2) B

9.(2015·甘肃兰州)

(1) ①阿长与〈山海经〉　②五猖会

(2)(示例) 读鲁迅的《朝花夕拾》，让我感受到作品的温馨和理性。

10.(2019·邵阳)

(1) 狗·猫·鼠

(2)《狗·猫·鼠》借着对猫的讽刺和童年时隐鼠被害的故事，表达了对猫的厌恶和仇视，同时表达了对弱者的同情和对暴虐者的憎恨。

11.（2015・南京）

（1）①AF　②IJ　③DE

（2）（示例）④深沉的情感　⑤理性的批判

12.（2019・重庆A卷）

（1）迎神赛会　五猖会

（2）（示例）：《琐记》中衍太太怂恿“我”去偷母亲的首饰变卖，“我”并没有听从，然而却出现了关于“我”偷家里东西卖钱的流言，“我”心里十分恼怒，这件事表现出衍太太是一个表里不一、用心险恶的人。

13.（2018・山西）

（1）父亲的病

（2）（示例）父亲要求“我”在看五猖会前背书，使“我”没有了看会的兴趣

（3）（示例）“我”对长妈妈的感激和怀念

14.（2019・重庆B卷）

（示例）《二十四孝图》中通过“老莱娱亲”“郭巨埋儿”，批判了封建孝道思想。

15.（2019・扬州）

（1）阿长　长妈妈利用告假的时间给他买《山海经》

（2）（示例）《从百草园到三味书屋》一文描述孩子们在百草园的雪地上捕鸟的情景。《无常》一文中无常看到一位母亲为死去的儿子哭得伤心，放她的儿子还阳半刻。

16.（2019秋・富阳区期中）

（示例）我认为《朝花夕拾》表现了鲁迅先生的童年是喜忧参半，快乐与不快乐是兼而有之的。理由：在《从百草园到三味书屋》一文中，小鲁迅的天真、爱玩、好奇心全都被激发出来了，从石井栏上爬上跳下的身影，接连不断地拔何首乌根的情形，冬天在园里捕鸟的兴奋与刺激等，无不让我们感到他的自由、快乐；而在《五猖会》一文里，小鲁迅心心念念想要去看迎神赛会，却被父亲勒令背《鉴略》，这让他感受到死记硬背的痛苦和无奈。

17.（2019・昆山市一模）

（示例）范爱农的老师徐锡麟被杀害，鲁迅主张打电报到北京，痛斥满政府的无人道，范爱农故意反对。这是因为当时鲁迅在接新留学生时看见他们的箱子里带着绣花鞋，感到不满，便做了摇头的举动，这一举动让范爱农觉得鲁迅看不起他们，便有了讨厌的情绪。后来两人误会消除，又因为性格相近、志趣相投，便有了深厚的友谊，成了“非常相熟”的人。

18.（2020・四川模拟）

（1）因她谋害隐鼠等事，幼年的鲁迅憎恶地称她为“阿长”；多年后，当他回忆阿长利用告假的时间给他买了念念不忘的《山海经》这件事，鲁迅先生对她充满敬意和怀念，深情地称她为“我的保姆”“长妈妈”。

（2）（示例）《五猖会》一文中迎神赛会时，孩子们买一个“吹都都”，吡吡地吹上两天，享受游戏的快乐。《从百草园到三味书屋》一文描述孩子们在百草园的雪地上捕鸟的情景。《无常》一文中无常看到一位母亲为死去的儿子哭得伤心，便放她的儿子还阳半刻。

19.（2019・邯郸二模）

她对自己的儿子虽然狠，对别家的孩子却好；无论闹出什么乱子来，决不去告诉各人的父母；孩子们碰伤后决不埋怨，而是给孩子们擦药。（意思对即可）

20.（2019・唐河县三模）

（示例）①阅读《阿长与〈山海经〉》，我真切地感受到鲁迅先生对儿时保姆阿长的怀念。阿长虽然粗俗，但她心地善良，热心帮助孩子解决难题。②阅读《藤野先生》，我赞赏藤野先生正直热忱、治学严谨的高尚品质，也真切地感受到鲁迅先生强烈的爱国主义情感。③看完《五猖会》，我和鲁迅先生一样心中有种淡淡的哀伤，一场难得一遇的赛会被父亲的不理解和专制搅得索然无味。真心希望家长们都能顺应儿童的天性，采取正确的方式教育孩子。

21.（2017・天津）

矿路学堂毕业后选择去日本求学，因为他在矿路学堂学习时对新学产生了浓厚的兴趣，毕业后又觉得所学无用武之地。在日本仙台学习时决定弃医从文，因为在那里他受到日本学生的歧视和侮辱，体会到弱国子民的屈辱；看到中国百姓的麻木，认识到救治国民精神的迫切。

22.（2019・许昌一模）

阿长给“我”买《山海经》，“我”对阿长这个劳动妇女从“不大佩服”到充满敬意（感激、歉疚、思念）。衍太太怂恿“我”偷母亲的东西变卖，并把这个流言散播开来，“我”对衍太太这个庸俗的市井女人充满厌恶之情。

23.（2017・漯河二模）

（示例）①藤野先生是鲁迅留学日本期间极为尊敬的一位良师。他生活朴素，治学严谨，为人正直热忱，没有民族偏见。他真诚地帮助、关心鲁迅，仔细地检查并修改鲁迅抄的讲义，与当时日本学生对待中国留学生的鄙视态度形成鲜明的对比。这些高尚的品质一直激励着鲁迅勇往直前。②长妈妈（阿长）是鲁迅儿时的保姆，她粗俗，睡相不好，喜欢“切切察察”，还踩死了鲁迅喜爱的隐鼠，这些都使鲁迅对她感到厌烦，但是大字不识一个的她却为鲁迅买来了心心念念的《山海经》，不禁使鲁迅心生敬意和感激。长妈妈（阿长）是封建社会里一个典型的农村劳动妇女形象，她唠叨、好事，“满肚子是麻烦的礼节”，但真诚善良，勤劳朴实，乐于帮人解决问题，是个平凡而又有着无限憧憬的人。③《五猖会》中的“父亲”是一个专制、不了解儿童心理的封建家长，他无视孩子爱玩的天性，强迫“我”背书，使“我”深受打击，留下心理阴影，揭示了封建家长制对儿童天性的压制和摧残。

24.（2016·广东）

（1）①同乡会争执（东京初识）；②故乡重逢（叙旧）；③学校共事（绍兴共事、辅助鲁迅监学）。

（2）欲扬先抑。作用：①为下文写两人冰释前嫌埋下伏笔；②为刻画范爱农的形象和突出他的悲剧命运起了重要的作用。

（3）（示例）①肖像描写（外貌描写），如“眼球白多黑少的人，看人总像在渺视”，突出范爱农冷峻、孤傲、怪僻的性格特征。②语言描写，如“何必推举呢？自然是主张发电的人啰～～”，突出范爱农孤傲、倔强的性格特征。